魔法で人は殺せない

蒲生竜哉

幻冬舎MC

魔法で人は殺せない

目次

キャラ設定

ダベンポート

リリィ

グラム

カバー・本文イラスト
高山　茶

第一話　魔法で人は殺せない

一

魔法には厳格なルールがある。
○ルールその一。魔法は物理学の法則を曲げられない。
簡単な例を挙げよう。

例えば空中浮揚《レビテーション》。君が大好きな、映画や書物で良く見ているあれだ。

ただ念じたり、箒にまたがったり、あるいは魔法の杖《ワンド》を振るったり。

とにかく、飛ぶ。人が宙に舞う。あるいは相手を浮かび上がらせたりすることもある。

しかし、あれは不可能だ。

なぜか？　物理の法則に従っていないからだ。

たとえ魔法といえども世界の理、物理学には縛られる。魔法と科学では、ただその実現手段が違うだけだ。それが科学だろうが、あるいは魔法であろうが、質量保存の法則もエネルギー保存の法則もこれはどちらも厳格に守られなければならない。

物体が宙に浮くためには、何らかの手段で自分の重さを相殺しなければならない。自分を軽くしてもいいし、あるいは自分の下に何か――密度の高い空気など――をおいても構わない。

空中浮揚《レビテーション》とは、要は自分を空中で支えるための質量操作だ。

飛行機械ならこれは翼とプロペラで解決する。飛行船なら巨大な体積を軽量な気体で満たし、結果的に自分の質量を周囲の大気とで相殺する。

だが、君の大好きな魔法使いはどうだ？　君、今まで魔法使いがゴウゴウと音を立てて飛んでいるのを見たことはあるかね？　あるいは急に巨大化するとか？
ハ、馬鹿馬鹿しい。
そもそも、もう科学が実現していることをなぜ魔法で再定義しなければならないんだ。そんなことを考えている暇があったら、君、飛行機械に乗りたまえ。
○ルールその二。魔法は正確に魔法陣で定義されなければならない。
これには少し説明が必要かも知れない。

魔法を行使するためには絶対に、そう、絶対に魔法陣が必要なのだ。

映画のように、気合い一発で魔法陣を作ることはできない。何日もかけて綿密に計算し、検算を繰り返し、魔法陣を設計する。あるいは長年使われている同じような法陣をコンパクト化することもある。

従って、魔法は本来戦闘には向かない。臨機応変は魔法がもっとも苦手とするところだ。

敵味方委細構わず吹き飛ばすような大規模戦闘ならともかく、自軍の被害を最小にしようとする一般の戦術戦争でそのような小回りの効かない技術を使うわけにはいかない。

何しろ魔法の爆心から味方を遠ざけ、かつそこに敵を誘い込まなければならないのだ。少なくとも僕が受けた戦術科の授業は一度もこの点に関して具体的に答えてはくれなかった。

そんな夢みたいなことを考えている暇があったら兵隊さんは黙って爆弾を作っててくれ、とまあ、そういう話だ。
○ルールその三。魔法の行使には領域《リーム》の定義が不可欠である。
領域《リーム》とは言ってしまえば行使する魔法の影響範囲の定義だ。

どこからどこまでを領域《リーム》に含めるか。魔法陣の質はそこで決まってしまうと言っても過言ではない。

君も魔法陣の絵は見たことがあるだろう？

二重、あるいは三重の同心円の中心に多角の芒星が描かれている、あれだ。

あの外側の同心円が領域《リーム》を定義する。中心の多角芒星は魔法を行使するオブジェクトの定義だ。

言うまでもないことだが、オブジェクトは最低でも三つ必要になる。術者、シンボル化された対象、そして行使するエレメント。エレメントが二つになれば中心の多角芒星は四角になる。エレメントが三つでやっと五芒星だ。

そしてこの中心に領域《リーム》は現れる。芒星の角が増えれば増えるほど領域《リーム》も大きくなるが、これに比例して必要なエネルギー、それに難易度が指数関数的に増大する。

これで君にもなぜ大きな魔法陣を扱うのが大変なのかがわかるだろう。

複数のエレメントに複数の対象を取った多角オブジェクト魔法陣？

よしてくれよ。

考えただけでも気が狂いそうになる。


そんなくだらないことを考えながら、ダベンポートは騎士団のグラムと二人で夜の森の中を馬車で揺られていた。

周囲は濃い霧で白く煙っていた。御者の両側にある、馬車のランプが虹色に滲んでいる。

「……冷えるな」

ダベンポートは羽織った黒いインバネスの襟元がちゃんと締まっているかどうか、白い手袋をし

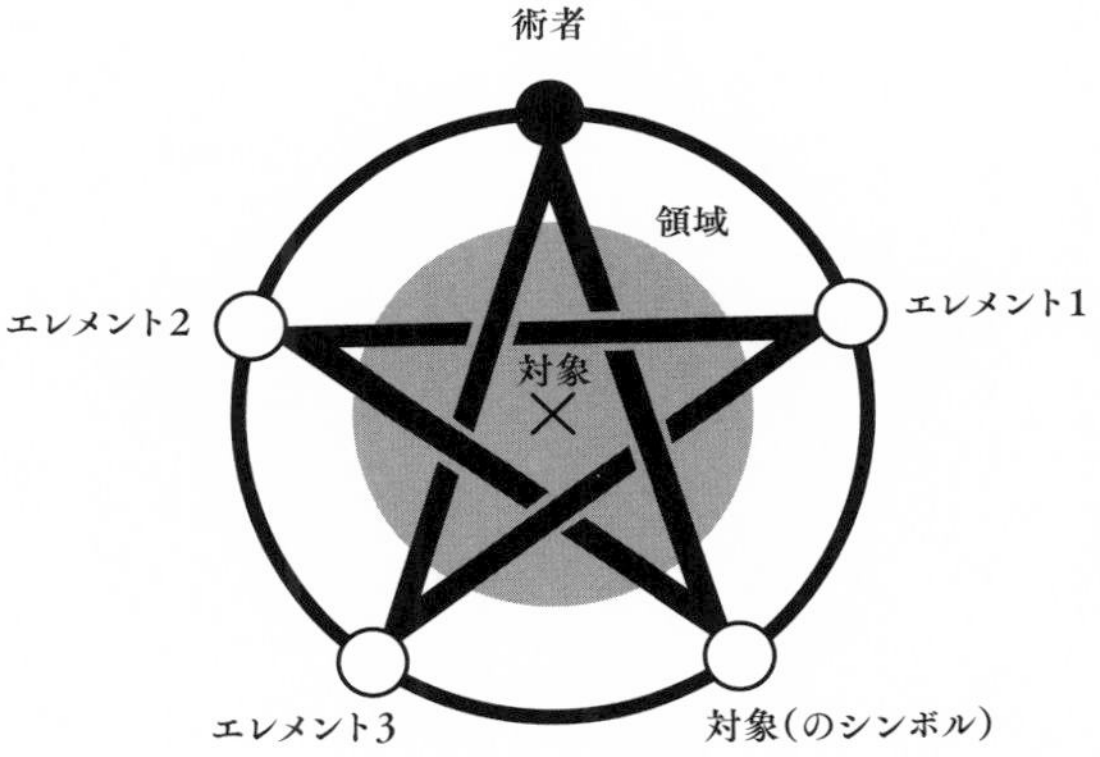

た手で確かめた。

「だからさ、ダベンポート、これは絶対に魔法の仕業なんだ」

　まだグラムが捲《まく》し立てている。苛立ちのあまり、トウモロコシ色の髪はまるで寝癖の様に逆立っていた。

「……一体、君は僕の話を聞いていたのかね？」

　ダベンポートは思わず眉間《みけん》にしわを寄せた。

　トウモロコシ色のグラムに対し、ダベンポートの髪は黒。漆黒の制服と相まって、ダベンポートの姿はまるで闇に溶け込むかの様だ。

「そんなことは絶対に不可能だ。僕が断言する。これは、爆殺だ」

「お前こそ、なんでそんなに分からず屋なんだ。領域《リーム》？　わかったよ。魔法陣？　それもわかった。でも、だからってなんでお前はこれが魔法じゃないって見る前から断言できるんだ？」

　分厚い身体を騎士団の青い制服に包んだグラムがダベンポートの胸を太い人差し指で突《つつ》く。

　背はダベンポートの方が高いが、グラムの方が遥かに分厚く、鍛えられた身体をしている。グラムに比べたら細いダベンポートの身体はまるで鉛筆のようだ。

「そこに魔法陣がないからだよ」

ダベンポートはグラムに指摘した。

「魔法が起動され、その実行が終了した後も、魔法陣はそこに存在する。魔法陣は消せないんだ。君らももうバルムンク卿の邸宅は調べたんだろう？　でも、そこに魔法陣はあったのかい？」

「い、いや、……それは」

グラムが口ごもる。

「そうだろう。ある訳がない」

と、ダベンポートは懐中時計を取り出してグラムに示して見せた。

「もう、事件があってから十二時間以上経っている。魔法陣があればもっと早くに僕に連絡があったはずなんだ。魔法陣が見つからないから、今までこれが魔法かどうかの判断がつかなかったんだろう？　で、爆弾の証拠も見つからないからとりあえず魔法院に駆け込んだと、まあそんなところなんじゃあないかい？」

「ともかく、結局は手段なんだ。手段さえわかれば犯人まで辿れる。だが、これは魔法の仕業じゃないって君は言う。じゃあ、だったらなんだって言うんだ！」

「だから爆弾だよ、さっきも言った通り」

「なら言うがね、あんなことはこの世の爆弾では不可能だ！　なあ、頼むよダベンポート。助けてくれ」

「……そんなの、知らんよ」

ダベンポートは馬車の外に目をやった。

「せいぜい、捜査局の科学捜査班に頑張ってもらってくれ」

二

馬車はカポカポと音を立てながら大きな跳ね橋を渡ると、広いアプローチを周り、邸宅の玄関の前に停車した。

「着いたぞ、さあここだ」

先に馬車から飛び降りたグラムがダベンポートのドアを開けてくれる。

「先に言っておくがなダベンポート、吐くなよ」


ダベンポート達を迎えたのは、鬱蒼《うっそう》とした森の中に突然ひらけた、大きな邸宅だった。比較的作りが新しい。一部古いところを見ると増築したのかも知れない。

すぐに邸宅の中から十人ほどの侍女《メイド》と背の高いメイド長がぞろぞろと、だが礼儀正しく出迎えに現れる。

特にダベンポートの目を引いたのは初老のメイド長だった。この地域の住人にしては背が高い。長い銀色の髪をスカーフでエレガントにまとめているその姿は、ちょっと見にはメイド長と思えない。その長身を際立たせる、彼女のロングのメイド服すらドレスに見える。

ふと気づいて他の侍女達と見比べてみると、メイド長だけはエプロンドレスを身に纏《まと》っていなかった。

きっと、そういう仕事はしないのだろう、とダベンポートは考える。

メイド長が皿を洗う訳がないものな。

「お待ちしておりました、ダベンポート卿。メイド長を申しつかっております、ヴィングと申します」

メイド長が恭《うやうや》しく頭を下げる。

「いや、ダベンポートで結構」

ダベンポートはメイド長の言い回しをやんわりと訂正した。

「僕には爵位がない。『卿《ロード》』ではないんですよ」

「まあ」

口に右手をやり、大げさに驚いて見せる。

「それは失礼をいたしました、ダベンポート様」

メイド長はもう一度頭を下げた。

男がすれば慇懃《いんぎん》無礼《ぶれい》なのかも知れなかったが、不思議と彼女の態度は嫌味ではない。

ダベンポートは爵位の件は忘れることにすると、

「ところで執事の方は？」

とメイド長に聞いてみた。

「わたくしが執事も申しつかっております」

と、メイド長が胸を張る。

よほど誇らしいらしい。だが、確かに誇ってもいいのかも知れない。それほどまでに主人の信頼を勝ち得ているのであれば、大したものだ。

「ほお、それは珍しい。女性の執事とは」

驚きに、ダベンポートの片眉が上がる。

「恐れ入ります」

スカートを両手でつまんで最敬礼。

「では、中にどうぞ。外は冷えます故、スチームの温度を上げておきました。こんな時に何ですが、後ほどお茶を用意させます」

メイド長が先頭に立ち、全員で玄関を移動する。この屋敷は三階建だ。どうやら一階がホール、二階が客間と図書館、それに三階が伯爵と夫人の居室となっているらしい。

吹き抜けになっている玄関ホールから二階へは優雅なループを描く二つの階段が伸びている。来客があった時には最初に吹き抜けのバルコニーから客を見下ろし、その後この階段で伯爵と夫人が降りてくるのだろう。威圧するには絶好の造作《ぞうさく》だ。

「こちらが、応接間となります。もっと大きなお部屋をとも考えたのですが、ここが一番居心地がよろしいでしょう？　急遽《きゅうきょ》こちらを片付けさせました。それに、他のお部屋は残念ながら使うお許しを頂いていないのです」

弁解するように言う。

応接間とは言っても十分に広い。十人は優に入るだけのスペースとソファ、それにティーテーブルが用意されている。

壁面には瓦斯洋燈《ガスランプ》が並んでいた。ヴェルスバッハマントル（白熱ガスマントル）の白い光に照らされて、応接間の中は充分に明るい。

〈グラム、君の無粋な部下達はどうしたのかね？〉

手の甲で口元を隠しながらダベンポートはグラムに尋ねた。

〈今は四人、現場に残っている。残りは駐屯地に戻したよ。これ以上あそこに置いておいても具合の悪い者が増えるだけだからな〉

「騎士様達には奥様のお部屋の向かいの部屋を使っていただいております」

目敏《めざと》く、メイド長が言葉を継いだ。

「使用人のためのお部屋なので少々狭うございますが、致し方ありません。あの方達にはお茶と軽食をご用意いたしました」

「あんなところでサンドウィッチを食える奴なんていないだろう」

小声でグラムが吐き捨てる。

「まあ、まずはお茶でも。お仕事はその後でも構いませんでしょう？」

「いえ、まずは現場を見せて頂きたいですな。仕事を終わらせてとっとと帰りたいものです」

とダベンポートはメイド長に言った。

「そうだな、俺もそのほうがいいと思う。こいつの涼しい顔を早く蒼くしてやりたい」

とグラム。

「では、お荷物だけでもこちらにお預けになって」

メイド長は両手を二回、叩いた。

すぐに十人の侍女達が擦り寄ってくる。

「皆さん、お客様のコートを頂きなさい。丁寧に。ちゃんとブラシをかけるんですよ」

メイド長に連れられ、ダベンポート達は二人の侍女と共に再び玄関ホールへと戻っていた。

かすかな衣擦《きぬず》れの音。

外には物音一つしない。

「……失礼ですが、今ここには？」

歩きながらダベンポートはメイド長に尋ねてみた。

「私ども十一人の使用人、それに奥様だけです。旦那様はお仕事でまだ海の上にいらっしゃいますわ。明後日にはご帰還なさるとのことです」

「連絡は？」

「テレグラムを打ちました。大層取り乱したご様子で、大変ご憔悴《しょうすい》なさっていると聞いています」

苦しげにメイド長が顔を歪ませる。

「なんとお労《いたわ》しい……」

「………」

ふーん。これが主人とメイド長との関係性なのか。

まあ、長い付き合いだろうしな。ダベンポートは感心しながらグラムと共にメイド長の後について行った。

玄関ホールの階段は軋《きし》みひとつない、しっかりとした作りの物だった。

赤いカーペットが敷かれ、磨き抜かれた階段を五人で登る。

「ここから先はエレベーターになります」

メイド長は階段を登り切った先にある、二台の鳥かごのようなエレベーターを片手で示した。

「二階と三階、往復専用のエレベーターでございます」

「他に三階へのアクセスは？」

「使用人専用の細い階段がそれぞれの翼《ウィング》に一本ずつございますが、ほとんど使われてはおりません」

ダベンポートの問いにメイド長は首を振った。

「私どもは伝声管にて連絡を取り合えます故、必要がないのでございます」

と、メイド長は二台のエレベーターの間に設えられた楽器のような伝声管のひとつの蓋を開いた。

「これ皆さん、お片付けは済んだのかしら？」

『はい、婦長様』

どうやらこの管は一階の使用人室と繋がっているようだ。

「よろしい。では、皆さんはお茶のお支度をして。サンドウィッチはキュウリがいいわ。用意して頂戴」

『わかりました』

「ほら、このように」

「なるほど」

ダベンポートは頷いてみせた。

「失礼ですが、料理人達は？」

「おりません。パーティの際には雇われの料理人を入れますが、いつもは私たちが支度しております。旦那様は質素と倹約を旨《むね》とされる方です」

質素、倹約ねえ。

これで質素だったら、僕の部屋はさしずめ犬小屋だな。そしてグラム達の兵舎は馬小屋だ。

表情が目に出る前に、ダベンポートはグラムに声をかけた。

「君の無骨な部下君達は三階の使用人室にいるんだろう？　これで話ができるんじゃないのか？」

「もちろん、できます」

我が意を得たりとメイド長が美しい笑顔を見せる。

「ですから、ダベンポート様、グラム様は二階の客間をお使いください。必要な時にはいつでも三階に連絡できますから」

「……今、必要かい？　それが？」

グラムはあまり気が進まない様子だ。

「やってみろよ、面白そうだ」

「わかったよ」

違う伝声管の蓋を開け、メイド長がにこりと笑う。

グラムは大きな身体をかがめると、伝声管に話しかけた。

「アテンション。その後変化はないか？」

〈あ、隊長〉

〈隊長、こ、交代を〉

ガタガタという椅子の音。

小隊長と思しき少し年長な声が伝声管から聞こえてくる。

『隊長、状況に変化はありません』

「そうか。では、引き続きよろしく頼む」

『あの、隊長』

と、小隊長が口ごもった。

「なんだ？」

『お願いしている交代は？』

「零時には到着する予定だ。そうしたら帰投してよろしい」

『……はい、了解致しました』

〈おい、零時だってよ〉

〈やめてくれよ、死んじまう〉

くぐもった伝声管の向こうから、若い騎士達の悲鳴にも似た嘆きが聞こえてくる。

『……臓物の臭いが鼻について部下達が参ってきております。できる限り早くの交代をお願い致します』

「判った。鳩を飛ばすことを検討する。魔法院の現場検証が終わったら臭い消しに消石灰を撒くことも私の方から具申するとしよう。以上だ」

三

グラムが話し終わった時、ダベンポートは今にも吹き出しそうになっていた。

腹を抱えて思わず壁に寄りかかる。

「あはははは、『死んじまう』だってよ、こりゃいいな、グラム」

「……だからお前に聞かせるのは嫌だったんだ」

グラムが渋面《じゅうめん》を作る。

「さすがは王立騎士団の面々だ。一度も戦争したことがない騎士団は大変だねえ」

ダベンポートはまだ笑っている。

一方のグラムの顔は羞恥で真っ赤だ。

その隣には素知らぬ顔のメイド長と二人の侍女達。

「では、参りましょうか。このエレベーターは蒸気機関《スチーム》を使った最新鋭ですの。揺れないし、快適でしてよ」

グラムに助け船を出すように、メイド長は片側のエレベーターのドアを開けた。


「……とまあこういう状態なんでね、できる限り手短にお願いするよ」

エレベーターの中で、グラムは懇願するようにダベンポートに言った。

「手短も何も、僕はまだこれが魔法だとは思っていない。まあ、現場を見せてもらって考えるが、結論はもう出てる。これは、爆弾だ。残念ながら、君らの仕事はしばらく終わらんぜ」

「じゃあ聞くけどさ、その爆弾はどこから来たんだい？」

「婦長さん、ここ数日で不審な荷物とかは届いていないですか？」

ダベンポートはメイド長に訊いてみた。

だが、答えは「いいえ」。ただ、黙って首を振るばかりだ。

「そもそも、未開封のお荷物は三階には参りません。通常は一階で受け取って、十分に確認してからお渡ししています。そのために、お荷物を開ける許可も頂いてましてよ」

メイド長は言葉を継いだ。

「なるほど」

小さな振動と共に、エレベーターが三階に着いた。

下の方から、
バッシュー……

という蒸気機関《スチーム》の音が聞こえる。

「参りましょう」

心なしか緊張した声。

メイド長は床から生えた大きなレバーを使ってエレベーターをロックすると、ガラガラと鳥かごのようなドアを開けた。

…………

下の階とは打って変わって、三階の照明は薄暗いムーディなものだった。

おそらく瓦斯洋燈《ガスランプ》の輝度を落としているのだろう、オレンジ色の光が薄暗くダベンポート達を照らす。

ふと見れば、後ろからついてくる侍女の二人はいつの間にかに手を繋いでいた。

この子達でも怖いのか。

ダベンポートは暗がりの中で微笑みを浮かべた。

まあ、この照明で先には夫人の爆殺死体が転がっているんだものな。

怖いのも無理はない。

夫人の寝室は西翼《ウィング》の果てにあった。

だとすれば、反対側の東翼《ウィング》の果てには伯爵の寝室がある訳だ。

それにしても、とダベンポートは思う。

なんで貴族連中は夫婦で一緒に寝ないかねえ。

毎日くっついていた方がよほど楽しいし、暖かいだろうにな。

左右に、整然と部屋が並んでいる。一部はおそらく子供部屋、あるいはパウダールームかも知れない。

ドアとドアの間には薄暗い瓦斯洋燈《ガスランプ》。

と、歩を進めて行くうちに、ダベンポートは廊下の向こうからなんとも言えない嫌な臭いが漂ってくるのを感じた。

嫌悪感を催す、だがどこか懐かしい臭い。

そうか、とダベンポートは思い当たる。

これは、魔法戦争の戦場の臭いだ。

魔法は領域《リーム》に縛られる。従って本来戦争には向かない代物なのだが、大規模殺戮《さつりく》となれば話は別だ。

敵味方お構いなし。全ては自己責任でどうぞ。但し、逃げ遅れたら棺に身体が入る保証はありません。

魔法戦争の戦場とは、正にそういう場所だった。

ダベンポートが命懸けで魔法の腕を磨いたところ。

ダベンポートを産んだ、黒い子宮。

それが魔法戦争だ。

ダベンポートはそんな地獄のような場所で二年間、生き延びた。

正直、若い騎士達は可愛いと思う。

だが、本来戦争を生業としているはずの騎士達が戦場の臭いに怯える、その状況をダベンポートはややシニカルに笑っていた。

微笑ましい。平和というものは素晴らしい。

今では臭気がひどく濃厚になっていた。血の臭い、砕け散った骨の臭い、ぶちまけられた内臓の臭い。

「……流石《さすが》に、これは堪《こた》えるな」

グラムは胸元からハンカチを出すとそれで口元をおさえた。

平気な顔をしているのはダベンポートと、そしてメイド長だけだった。

背後の侍女の二人ですら、顔色が悪い。

だが、それでも胸を張ってついてくるのだから大したものだ。

ひょっとしたら、騎士っていうのは女性の方が向いているのかもな、ふとダベンポートはそう思う。

戦場でも、一番勇敢だったのは治癒魔法を駆使する従軍看護婦達だった。

傷ついた兵卒を抱え、戦場を走り、そしてキャンプに連れて行ったら再び戦場へと戻っていく。

下手な兵卒よりもよほど勇敢な従軍看護婦達のことをダベンポートは大好きだった。

「……さあ、こちらです」

陰鬱《いんうつ》にメイド長は言った。

「お気に召すまで、お調べになってください。私どもはここでお待ちしております」

ギィ……

かすかにドアが軋む。

ドアが開いた瞬間、どっと襲ってきた臭気に思わずむせる。

「……おい、ダ、ダベンポート」

背後で怯えたようなグラムの声がする。流石のグラムもここに入るのは嫌なようだ。

「嫌なら君はそこで待っていたまえ。僕が調べる」

ダベンポートはグラムを入り口に残すと、スタスタと寝室の中へと入っていった。

四

入る前から覚悟はしていたが、中の様子は凄惨《せいさん》極まるものだった。

どうやら、夫人は部屋の中心付近で爆殺されたらしい。

周囲は血の海。あたり一面に、夫人の破片が飛び散っている。

ネチョッ……

ダベンポートは足元が血糊で粘るのを感じ、思わず舌打ちした。

貴族の屋敷に行くというからいい靴を履いてきたが、失敗だった。これなら作業靴で来るべきだった。

壁中が飛び散った血糊と内臓に塗《まみ》れている。

そこの壁面にぶら下がっているのは多分大腸だろう。反対側の細い紐は多分小腸、脳漿はぶち撒けられて跡形もない。

(爆弾の形跡を探さねばな)

ダベンポートは冷静に周囲を見回しながら部屋の中を一周した。

夫人の寝室だけあって、それほど大きな部屋ではない。ダベンポートの居室の四倍か、いや、六倍くらいか。

(おかしいな、家具が倒れていない。ランプも健在か。グラムの言う通りだ……)

壁面には瓦斯洋燈《ガスランプ》が左右三灯ずつ、合計六灯設えられていた。

屋敷の内側に向かう壁面には伝声管。その隣には独立したスタンドもある。

一応、かつて教わった通りに系統立てて爆発物の痕跡を探す。

だが、爆裂した死体以外に爆発の痕跡を発見することはできなかった。

住人が死んでいる以外、そしてその死体が飛び散っている以外、その部屋に異常はない。

（これは、死体をもっと検分しないと……）

ダベンポートはネチョネチョと足音を立てながら、今度は夫人の上半身を探し始めた。

〈おい、ダベンポート〉

と、ダベンポートはドアからグラムが手招きしていることに気づいた。

「なんだい？」

濡れた足音を響かせ、夫人の遺体の破片を踏まないように気をつけながらまっすぐに部屋を横切ってグラムの方へと向かう。

「ダベンポート、人手はいるか？」

グラムはまだ部屋の外だ。中に入るのがよっぽど嫌らしい。

「なんだ、君の楽しい部下の諸君が手伝ってくれるのかい？　僕はこれからここを這い回るつもりなんだが」

ダベンポートが歩くにつれ、淡い影が長く伸びる。

「いや、奴らは無理だ。さっきも外から声をかけたんだが、増援を呼んでくれの一点張りだ」

「なんだ、騎士の規律も誇りもクソもないな」

「まあ、無理もない」

グラムは肩を竦《すく》めた。

「彼らは若い」

「僕は君が不甲斐ない、と言っているんだよ。必要ならやらせたまえ」

「それができないから、代わりに俺が手伝おうかと言っているんだ」

些《いささ》かムッとした様子でグラムが反駁する。

そうか、それなら一つ手伝ってもらおうかと意地悪な考えが脳裏を過ぎった時、ダベンポートは騎士団にならもっと良いお願い事があることに気づいた。

「まあ、それはいいよ。こっちは僕がやろう。それよりも君、騎士団はいつも鳩を連れているんだろう？　今の小隊も鳩は連れてきているんだろうね？」

「あ、ああ、伝書鳩の事か。それなら十二羽連れてきているよ。六羽で十分だろうと思ったんだが、万が一のことを考えてね」

拍子抜けした様子でグラムはダベンポートに答えて言った。

「それはいい。一つ駐屯地にメッセージを送ってもらえないか。遺体修復士《エンバーマー》が必要だ、それもとびきり腕の立つ。僕のいる魔法院には何人かいいのがいるから、そのうちの一人か二人をここに至急送って欲しいんだ。こんな状況、伯爵には見せられない。伯爵が帰って来る前にとっとと奥方を修繕しちまおう」

グラムが意気揚々と去ったのち、ダベンポートは作業を再開した。

（グラムの奴、あからさまに喜びやがって。あとでまた苛めてやろう）

だが、なんとなく愉快な気分でグラムの様子を思い出す。

さっきまでは爆弾の痕跡探しだった。爆弾探しははっきり言って専門外だ。

それに、爆弾探しの専門家の騎士団の連中が十二時間以上詳細に調べて何も見つけられなかったのだ。今更自分が何かを見つけられるとは思えない。

爆弾を探すよりも先に、魔法では不可能だということを証明する方が早い、とダベンポートは今では考えていた。

魔法の痕跡捜査がダベンポートの専門分野だ。ダベンポートは膝が汚れるのも厭わず血に汚れた床に跪《ひざまず》くと、部屋のあちこちに飛び散った夫人の破片が人型になるように部屋の中心に集め始めた。

…………


三時間の後。

ダベンポートは失意のどん底にいた。

何度調べても、これは魔法攻撃にしか見えない。

(この屋敷が魔法に対して隙だらけ過ぎるんだ)

八つ当たりするようにダベンポートは心の中で悪態を突く。

夫人の身体は、まるで内部から破裂したかのようだった。

肋骨が内側から豊かな乳房を突き破っている。

他の傷口も全て内側からのものだった。

それも、破裂しているのは一箇所ではない。

(どう考えてもこれは魔法だ)

ダベンポートは憂鬱に考えていた。

こうした内部破壊は魔法を使わなければまず不可能だ。

例えば大腿はどちらもまるで茹で過ぎのソーセージのようにぱっくりと口を開いていた。胃袋は風船のように爆《はじ》け、そのあおりで腸が飛び散ったと考えられる。

部屋中を這い回ってなんとか掻き集めた夫人の破片を人型に並べ直したのが二時間前。

それからずっとダベンポートは死体を入念に調べたり、熱心にメモをとったりして忙しく過ごした。だがやがてやることがなくなり……、今ダベンポートはその場にどっかりと座り込んで深く考え込んでいるところだった。

午前中は濡れていたであろう血痕も、今では半分ほど乾いて膠《にかわ》のようになっている。

おかげでさほど服が汚れなくて済む、ダベンポートは暗く微笑んだ。

ダベンポートたち魔法院の関係者は全員、常に真っ黒な制服に身を包んでいた。ズボンも黒、上着も黒。インバネスコートも黒、シャツも黒だ。

白いのは手袋のみ。これにしてもすぐ交換できるように常に四組以上持ち歩いている。

黒い服は血の色が目立たない。おかげで何気兼ねすることなく、ダベンポートはその場を這い回ることも、座ることもできた。

着替えは当然持ってきている。汚れた服は焼却してしまえばいいだけの話だ。

(全部の爆発が身体の内部で起こっている……)

どこかでこのような死体を見たことがある。

だが、それがどこだったのか、それをダベンポートはどうしても思い出せずにいた。

(随分、昔の話だ。たぶん、魔法戦争の頃の……)

〈おい、ダベンポート〉

と、考え込むダベンポートの背後からグラムが声をかけた。

「なんだい？　君もここに掛けないか。ちょっと議論がしたい」

ダベンポートは振り向くと、自分の隣の床を赤黒くなってしまった手袋で叩いた。

「それは遠慮しておく。それよりも駐屯地から信号弾が上がったぞ。依頼了解、だそうだ」

「そうか、鳩はフクロウに食われなかったか。それはよかった」

疲れた様子のダベンポートがにこりと笑う。

ダベンポートの目元には、かすかに隈が出来始めていた。

「……ところで、メイド長と侍女の二人は？」

「ここにいるよ。大したもんだ。微動だにしない」

「全く、訓練の行き届いたメイドさんたちだよな。しかし、かわいそうなことをしてしまった。こんなに時間がかかるんだったら先に寝かせるべきだった」

『いえ、お気遣いなく。このようなことがあってはどちらにしても眠れませぬが故』

ドアの外からすかさずメイド長が答えて言う。

「……んっ、と」

ダベンポートは掛け声と共に立ち上がった。

座りすぎたおかげで少し膝が痛む。

ダベンポートの腰が床から引き剥がされるに連れ、ズボンの下で血糊がパリパリと音を立てる。

ダベンポートは再びネチョネチョと足音を響かせながら、夫人のベッドに近づいた。

「バルムンク夫人、失礼ですがお借りしますよ」

言いながらよく糊の効いたベッドのシーツを引き剥がす。

血痕はベッドの上にも飛び散っていた。だが、天蓋《てんがい》つきベッドのおかげで被害は比較的少ない。

ダベンポートは手にしたシーツを一振りした。宙に舞ったシーツで夫人の死体がすっぽりと隠されるようにする。

シーツがふわりと落ちたのち、ダベンポートはゆっくりと死体の周りを一周した。時折腰を折り、優しい仕草でシーツの位置を手直しする。

ダベンポートは結果に満足すると、濡れた足音を響かせながら部屋の出口へと向かった。すかさずドアの影から現れたメイド長に言う。

「とはいえ、僕も少々疲れた。婦長さん、今晩のところは引き上げますよ。お茶を淹れてはもらえませんか?」

五

「なあ、グラム」

二人は応接間に戻ると、どんよりとした気分で紅茶を啜《すす》っていた。

グラムは相変わらずの制服姿、ダベンポートはスリッパに白いバスローブ姿だ。

構わないと言うのにも関わらず、ダベンポートはメイド長に服を剥がされてしまった。靴は磨き直し、服も明朝までには洗濯して戻すと言う。スチームボイラーのおかげで、この屋敷の生活環境は必要以上に快適だ。

「んあ?」

俯いていたグラムが顔を上げる。

「降参だ。君は正しいよ」

ダベンポートは両手を上げて見せた。

背が高いため、バスローブの裾から脛《すね》が見えてしまっている。だが、構わずダベンポートは足を組んだ。

「君の言った通りだった。あれは、魔法だ。魔法攻撃以外には考えられない」

「……言った通りだっただろう」

憔悴した様子のグラムが、だがニヤリと笑う。

「ああ。だが、魔法陣が見つからない。あれだけの魔法だ。大きな魔法陣があったはずなんだ。それがどうして残っていないのか、さっぱりわからん」

「消しちゃったんじゃないのか？」

「いや、それはあり得ない」

とダベンポートは長い人差し指を立てて見せた。

「術の途中、あるいは術の終了後でも下手に魔法陣を消してしまうと『跳ね返り《バックファイヤー》』が術者に戻る。あれだけの魔法だ。『跳ね返り《バックファイヤー》』だってシャレにはならんだろう。だから、消したって線はないと、僕は思う」

「じゃあ、魔法陣は消えないのかい？　戦場でも？」

「ああ。消えない。ちゃんとした手順を踏まない限りはね」

（いや、待てよ）

と、ダベンポートは思い直した。

まだ魔法院の学生だった頃、そんな議論を同級生達とした覚えがある。その時は確か……。

「おっといかん」

と、グラムの手元が狂い、二杯目のお茶に入れようとしていた砂糖がティーテーブルにこぼれてしまった。

サラサラと、白い粉がマホガニーのテーブルに散乱する。

粉。

粉。

散乱する、粉。

弾む粉。

吹き飛ぶ。

爆縮。

爆散する。

「そうか、粉だ！」

突然、ダベンポートは立ち上がった。

「お、うおい」

今度はお茶がこぼれ、グラムの制服の胸元は黒く濡れてしまった。

「こうしてはおれん！」

「な、なんだよ急に」

慌てて制服を拭うグラムには構わずバスローブを脱ぎ捨てると、ダベンポートはカバンから取り出した着替えを身につけ始めた。

「どうしたんだ、ダベンポート！」

「粉だ。魔法陣は粉で書かれていたんだよ！　粉を探せばいいんだ！」

シャツとズボンを身につけると、ダベンポートはスリッパのまま応接間を飛び出した。


うっかりしていた。

僕としたことが。

グラムを引き連れ、ダベンポートは階段を駆け上がった。

エレベーターを使うのは面倒だ。

足音を響かせながら西翼《ウィング》の端までダッシュ。

「グラム、現場はまだ保存されているんだよな？」

走りながらダベンポートはグラムに訊ねる。

「あ、ああ」

と、グラム。だがすぐに戸惑いを顔に表すと、

「だが、そろそろ消石灰を撒き始める頃だ」

とダベンポートに告げた。

「なに？」

驚愕に思わず立ち止まる。

「僕は、そんなことは許可してないぞ！」

「俺は、メイド長のばあさんからお前が許可したと聞いたぞ」

まだ戸惑いながら、グラムが答える。

「クソ、やりやがったな」

ダベンポートは使用人用の階段を見つけると、一気に駆け上がった。

「君達、ちょっと待ちたまえ！　消石灰はまだダメだ！」

階段を駆け上がりながら大声で呼ばわる。

『もう撒いてしまいました～』

という間抜けな答え。

だが、一番間抜けなのはこの僕だ。

しくじった。証拠を隠滅されてしまった。

『半分撒いてしまいましたが、まだ半分残っています。どうしますか～？』

「それ以上撒くな！」

ダベンポートは三階の使用人用階段の扉を蹴破ると、スリッパのままバルムンク夫人の寝室に飛び込んだ。

部屋が半分ほど白くなっている。

だが幸い、もう片側はまだ赤黒いままだった。

それにバルムンク夫人の死体も。

今寝室でキョトンとしているのは、先の当番についていた連中とは別のグループだった。

駐屯地で休んだからだろう。まだ元気そうだ。

走ってきたから息が切れる。ヒューヒューと肺が鳴る。

「き、君達は、ひとまず、下がってよろしい。居室に、戻りたまえ。後の捜査は、僕が、やる」

血相を変えたダベンポートによほどびっくりしたのだろう。背後に中隊長のグラムがいるにも関

わらず、三人の若い騎士達は、

「サー、イエス、サー！」

とダベンポートに対して直立不動の姿勢を取った。

「部屋を出るときは、消石灰側を、通るんだ。靴が、汚れるぞ」

「了解です！」

本当は現場保全のためだったのだが、どうやら善意に解釈したようだ。

三人がゾロゾロと並んで寝室を出て行く。

「おいダベンポート、一体どうしたんだ」

「わかったんだよ、トリックが。これは人体爆縮攻撃なんだ。昔、戦場で見たことがある。禁忌中の禁忌、悪魔の所業さ。さあグラム、手伝ってくれ。この血糊の中から石英の粉を探すんだ！」

ダベンポートはそうグラムに命じると、自分は跪いて廊下側の壁と床の隙間を覗き込み始めた。指で辿り、慎重に何かを探している。

「……何が何やらわからん」

グラムは大きくため息を吐いた。

だが、探せと言われたからには仕方がない。

跪くのは嫌だったので、グラムは腰を曲げて床を睨みつける。

石英、か。

石英はガラスの原料だ。それなら、光るのかな？

「グラム、細かくした石英は白い粉だ。白い粉を探せ」

心を読んだのか、ダベンポートがグラムに説明する。

「そう言われてもよう」

屈み込むと血糊の臭いがきつくなる。半分撒かれた消石灰のおかげでだいぶん臭気は弱まっていたが、それでもしばらく嗅いでいると気分が悪くなる。

ダベンポートは一体どんな神経をしてるんだ？

グラムは床に跪き、何かブツブツ呟きながら床と壁の境界を指で辿っている友人を背中越しに盗み見た。

この屋敷に着く前ダベンポートに『吐くなよ』とは言ったが、流石にグラムもダベンポートが吐くとは思っていなかった。

だが、ここまで平気だとそれはそれで異常だ。

どんな経験をすればこんな人間が生まれるのだろう？

「……グラム、あったぞ。……ガラスだ。思った通り埋め込められている」

来てみろと、ダベンポートはグラムに手招きをした。

仕方なく、ダベンポートの背後に回る。

「……ほら、ここだ。廊下の光が漏れている」

「？」

そう言われても、グラムにはただの壁と床の角にしか見えない。

「君、そんな風にしたってわからんよ。ちゃんと覗き込んでみてくれ」

「あ、ああ」

嫌々ながら、グラムは膝をついた。

ダベンポートに習い、顔を床すれすれまで近づけて角を透かしてみる。

あった。

確かに、細く光が漏れている。

「……これは、穴じゃないと思うよ。これだけ堅牢に作られた屋敷なんだ。壁から風が吹き込みでもしたらえらいことだ」

「そう、だな」

ダベンポートは素早く巻き取り式のスケールを使って壁からの距離を測ると、その数値を手帳に書き込んだ。

「これで、一つ。あと最低でも三つはあるはずだ……」

「そうか」

グラムは間抜けに答えた。

もう、立ち上がっていいかな。そうグラムが考えた時、
屈み込んだまま、不意にダベンポートはグラムに話しかけた。

「グラム、」

「ん？」

立ち上がりながらダベンポートに答える。

「君の制服はあとで魔法院が弁償する。済まないが君もちゃんと膝をついて探してくれ。上から見ていても石英の粉は光らない。石英はきっと血に流されて広がっているはずだ。血糊と乾いた床との境界線を探してみてくれ」

六

一刻、また一刻と時が過ぎ去っていく。

ダベンポートとグラムは、血糊の臭う床に這いつくばって証拠を探していた。

ダベンポートは壁の窓。

グラムは石英の粉末だ。

〈あはははは……〉

馬鹿話をする若い騎士達の声が向かいの部屋からかすかに聞こえてくる。

(あいつら、遊びやがって。あとでガツンと言わなければ……)

血糊に粘る膝を嫌な気分で床から引き剝がしながらグラムは固く決意する。

(それにしても、メイド長のばあさんはどうしたのかな?)

ふと、グラムは不思議に思う。

いつも影のように現れる人物だ。これだけ活動していれば目を覚ましてもおかしくない。

(まあ、長い一日だったろうからなあ。寝かしておこう)

本来心優しい男のグラムはそう思うと、再び床に這いつくばってあるのかどうかもわからない微細な粉を探し始めた。

一方のダベンポートの調査は快調だった。

もう、三つ窓を見つけた。三つあれば、残りは数学的に位置を予見できる。

ダベンポートはペンを走らせ、手帳に想定される魔法陣と部屋との位置関係を模式的に描いてみた。そこに今まで測った距離を書き込み、次の位置を予測する。

（さて、婦長さんはいつ来るのかな？）

手を動かしながらぼんやりと考える。

（そろそろ、こっちの様子を見に来てもおかしくはないはずなんだが……）

四つ目の窓はここから三十センチほど離れたところにあるようだった。

大体の距離を目算で測り、そこに跪いて再び窓を探す。

もう要領がわかっているだけあって、最後の窓はすぐに見つかった。

（これで四つ。これで魔法陣は部屋の外に出られるわけだ。術者とエレメントが部屋の外、対象は部屋の中、か。巧妙だ）

ダベンポートがペンを走らせ、描いた魔法陣をさらに詳細化する。

確かに、この位置関係なら単純魔法陣で簡単に問題を解決することができる。術者から対象までの距離が近いので領域《リーム》の定義も簡単だ。

（だがこのガラス、一体いつからここにあるんだ？　まさか、この屋敷を立て直した時にもう計画されていたのだとしたら……）

なんという気の長い話だろう。

グラムの話では、バルムンク夫人の部屋が改築されたのは三年前だと聞いている。

その時から計画していたのだとしたら……

と、その時。

「まだ起きていらしたのですか？」

とドアの方から女性の声がした。

現れたのは、ダベンポートが予期した通り、メイド長のヴィングだった。

「今晩は婦長さん。待ちわびました」

ダベンポートは立ち上がると、汚れた膝とお尻を両手でパッパと払った。

「ダベンポート様。どうしたのですか、こんな夜更けに。もうフクロウも寝てしまう時間ですわよ」

メイド長はナイトガウン姿だった。こんな夜なのにちゃんとスカーフで髪の毛を綺麗にまとめている。

(綺麗な女性なのにな、なんでなんだろう?)

ふと、ダベンポートは不思議に思う。

彼女は用心のためか、片手にランタンを下げていた。

「いえね婦長さん、トリックがわかってしまったんでね。これはおちおち寝てはいられないと思って来てしまいました」

「トリック?」

「はい。婦長さん、気が長いですねえ、あなたは。何年前から計画していたんですか、この暗殺」

「暗殺?!」

と背後から近づいてきたグラムが驚いた声をあげる。

「グラム、君が驚くこともないだろう。殺害現場、ないしは手段が見つからなければそりゃ暗殺だよ」

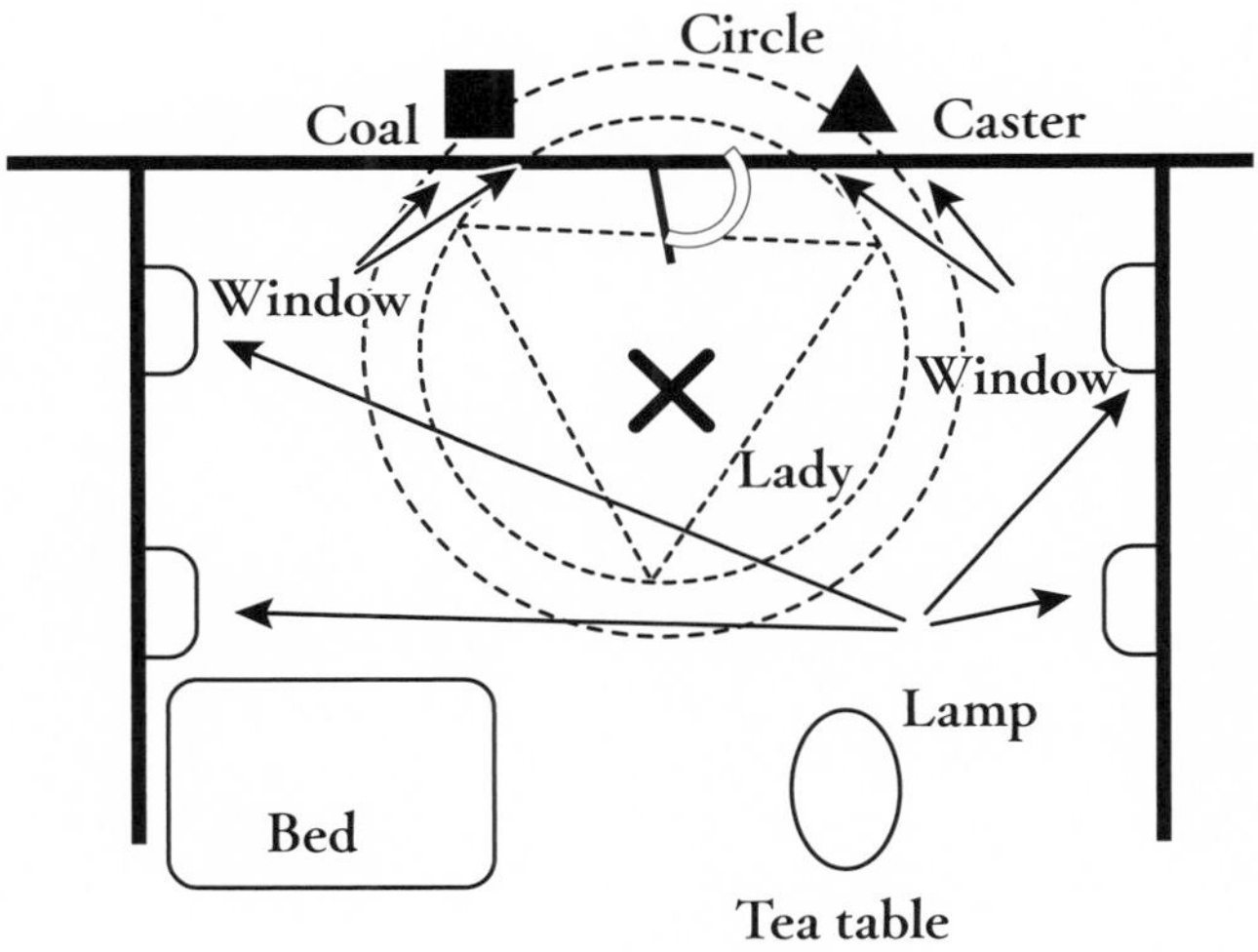

「それを私が行ったと、そうおっしゃっているのですか？」

メイド長はダベンポートに言った。

声が落ち着いている。

こんなことを言われたら、普通は怒るか泣くか、あるいは狼狽《うろた》えるのが正常な反応だ。

「はい。これはあなた以外には実行できません。伯爵が国にいれば伯爵も疑うところだったのですが、あいにく海の上にいるご様子。だとしたらあとはあなた以外には考えられないんです、この暗殺は。実行するタイミングを間違えましたね」

ダベンポートはゆっくりと婦長に近づいて行った。

「なるほど」

メイド長は頷いてみせた。

「でも、ここには爆弾も、魔法陣も何もなかったのではないですか？」

「はい。確かにそう思っていました」

ダベンポートは人差し指を立てた。

「ですが、残念ながら見つけてしまいました。魔法陣、ありましたよ」

「まあ」

上品に片手で口元を隠す。

「それをこれからご説明します」

ダベンポートはさっきまで熱心にメモを取っていた手帳を取り出した。開かれたページにはこの部屋の模式図と、予測される魔法陣が描かれている。

ダベンポートは手帳を掲げると、ペンのキャップで魔法陣の縁をなぞってみせた。

「結局、どうやって魔法陣を消したのか、それに魔法陣がどうやったら部屋から出られるのか、それが僕の疑問だったんです。通常、同じ部屋で術を使ったら術者もただでは済まない。それに、使った術式もわからなかったのでね」

でもこうすれば、と、部屋からはみ出ている魔法陣をペンで示す。

「めでたく魔法陣は部屋から出る訳です。これでエレメントと術者は外、対象は中という理想的な状態が完成します。あとは煮るなり、焼くなり、潰すなりってね」

と、ダベンポートはウィンクしてみせた。

「…………」

メイド長は無言のままだ。

「ヒントはグラムのこぼした砂糖粒でした。それを見たときピンときたんです。これはひょっとして禁忌中の禁忌、人体爆縮攻撃なんじゃないかってね。それなら少なくとも魔法陣は簡単に消せる」

「なんなんだ、その、人体爆縮攻撃ってのは?」

とグラム。まだ話について行けていないようだ。

グラムに背中をみせたまま、ダベンポートは彼に説明した。

「人体爆縮攻撃ってのはね、戦争中に開発された禁忌だよ。術者の命と対象の命の物々交換、魔法陣を残さないのが特徴なんだ」

メイド長を見つめたまま、両手を使って説明する。

「魔法陣ってのは外側に向かう力には滅法強い。何しろ中で爆発させたり、色々するからね。中から外側に向かう力なら、ほとんど全てを相殺できる。だが、逆に内側から吸い込む力には弱いんだ。内側から吸い込まれると魔法陣ってのは比較的簡単に崩壊する」

と、ダベンポートは両手で紙くずを潰すような仕草をしてみせた。

「例えば、重力制御の魔法陣を何かの粉末で作って爆縮を起こしてやると、魔法陣は自分自身まで吸い込んでしまうんだよ。だがその場合、その呪文は必ず失敗《フィズル》する。あとは跳ね返り《バックファイヤー》まっしぐら、この術は術者も無事ではいられない。だから禁忌なのさ」

爆縮とは物体が急激に吸い込まれる現象のことだ。重力制御呪文はその場に強力な重力場を生成する。この重力場は魔法陣の中の物体を吸い込むが、その爆発的な力は爆縮現象を起こすのだとダベンポートはグラムに説明した。

「でも、その証拠は？」

メイド長の目が鈍く光る。

「ダベンポート様、ご高説は伺いました。でもその粉末なるものは見つかりましたの？　証拠がなければそれはあくまでも机上の空論ですわ」

笑っている。メイド長は口元に不敵な笑みを浮かべていた。

「粉……」

思わずグラムが呟く。

笑うメイド長の姿に、嫌な汗が一筋背中を流れる。

粉を探すのは俺の仕事だった。だが、仕事が終わる前にメイド長が来てしまった。

「ええ」

ダベンポートは背後のグラムに手招きしながらメイド長に言った。

「粉なら見つけましたよ。ほら、この通り」

と言いながら人差し指でグラムの膝を拭い、メイド長に示して見せる。

そこにあったのは、血糊に混じってピンク色になった石英の粉末のペーストだった。


周囲の空気が急速に冷たくなる中、ダベンポートは淡々と説明を続けた。

「部屋から魔法陣を追い出すのは、これで説明できます。婦長さん、この部屋の改築を指揮したのはあなたではないですか？　通常は執事の仕事だが、ここではあなたがその執事だ。取り仕切っていても不思議はない」

今では、メイド長の不敵な笑みは消えていた。

「婦長さん、あなた、壁にガラスを埋め込んだでしょう？　それも四箇所。そのガラスと石英の粉を接続してやれば、無理なく魔法陣はお部屋からお出ましになるんです。何しろ石英とガラスは同じものだ、それなら魔法陣を組めても不思議はない」

ダベンポートはメイド長に指を突きつけた。

「婦長さん、あなた、夫人の今朝のお茶に一服盛りましたね。それで満足しておけばよかったのに、死体を隠すために人体爆縮なんて禁忌を犯してしまった。亡くなった夫人の死体を部屋の真ん中に置き、持っていた石英の粉で魔法陣を描き、部屋に出てから起爆させた」

「………」

「起爆って、爆弾なのか？」

「いや、もっと邪悪なものだよ。婦長さんは魔法陣の中心に小さな、だけど強力な重力場を作ったんだ。それこそ、この屋敷を丸ごと飲み込めるくらいのね。こいつが作動した途端、夫人の体はボールほどのサイズに圧縮され、血液は残らず搾り取られる」

ダベンポートの目の光は昏かった。

「だがさっきも説明したように、同時に魔法陣も崩壊する。そうするとどうなるか？」

「どうなるんだ？」

ダベンポートは黙って、両手をポンッと開いてみせた。

「圧縮されたものが瞬時に解放されて今度は爆発するんだよ。だから部屋中この有様なんだ。苦労したよ、夫人のかけらをかき集めるのは」

つと、ダベンポートはメイド長に歩み寄った。

「！」

そのまま両手を伸ばし、メイド長の頭のスカーフを外す。

「ついでに術者も跳ね返り《バックファイヤー》でこの通りだ」

メイド長の頭の上で揺れていたのは、三角形の猫の耳だった。

ハッとメイド長が両手で猫の耳を隠す。

取り落としたランタンが床で割れ、足元に小さな火事が起きる。

「しかし、何故なんです？」

ダベンポートはそのような些事には構わず、さらにメイド長に指摘した。

「工事は三年前に行われたと聞いています。それなら、この暗殺は三年以上前から計画されていたことになるんです。でも、何故今なんです？　なぜ、今殺さなければならない？　三年待てるんだったら、もっと待ってもよかったはずなのに」

「……ダベンポート様にはお分かりにならないことです」

うつむいたまま、メイド長は言った。

「私はあの子達を、侍女達を守らなければならなかった。だから、殺したんです」

七

メイド長が騎士団に連行されたのち、ダベンポートとグラムはまるで昏倒するかのように客間のベッドで熟睡した。

翌朝目覚めたのは朝の十時すぎ。

メイド長がいなくなった穴は副メイド長だったもっとも年長の侍女が埋めているはずだ。

彼女には昨夜のうちに、メイド長はしばらく帰らないとだけ告げておいた。

〝婦長さんが不在の間は君が頑張るように。なに、すぐに戻ってくるさ〟

どうやら彼女は早速ちゃんと働いているようで、ダベンポートとグラムの枕元にはまだ温かいお茶とトーストがそつなく用意されていた。

メイド長の教育は万全だったと言うわけだ。

二人で遅い朝食をベッドで食べたのち、ダベンポートとグラムは着替えて応接間に降りていた。

「やあ、ここは居心地がいいな。僕は伯爵がお帰りになるまでここにいようかな」

一晩寝てすっかり元気になったダベンポートが冗談を飛ばす。

ダベンポートが呼び寄せた二人の遺体修復士《エンバーマー》——驚いたことに、まだ若い双子の姉妹だった——はもう作業を始めていた。

王国でも有数の棺職人の作る棺と一緒に魔法院の馬車で到着した遺体修復士《エンバーマー》が言うには、この程度の修復なら半日程度で終わると言う。

ならば、今日の夕方には元の美しい姿に戻った伯爵夫人にも御目通りが叶うわけだ、とダベンポートは不謹慎なことを考える。

と、ダベンポートは自分の冗談にも答えず、グラムが何かを熱心に読んでいることに気がついた。

どうやら報告書か何かのようだ。

「グラム、何を読んでいるんだ？」

「ん？　ああ」

と、グラムが顔を上げる。

「一次報告書だよ。気の毒に、メイド長のばあさんは駐屯地に連行されてすぐに取り調べを食らっているようだな」

「へえ」

「簡単に説明するか？　メイド長のばあさんが何を考えていたか、大体判ったよ」

「ああ、頼もう」

グラムは箇条書きのようにして、ダベンポートに今まで判ったことを教えてくれた。

曰く：

バルムンク家に仕える侍女達は全員がメイド長に引き取られた孤児である。

バルムンク家の使用人達は今まで、いわば孤児院のような関係を作ってきた。

メイド長のヴィングはその孤児院の院長である。

メイド長はまるで母親のように侍女達を守り、育て、そして教育を与えてきた。

翻って、バルムンク夫人は冷酷である。

バルムンク夫人は、孤児であることを理由に常々侍女達を疎んじてきた。

メイド長はその様子に心を痛めると同時に、侍女達の身を守る必要を強く感じていた。メイド長がバルムンク夫人の部屋に細工を施したのもそれが理由だと考えられる。

事態が急変したのは今年のことである。

バルムンク夫人は夫であるバルムンク伯爵に対し、侍女の総入れ替えを要求した。

バルムンク夫人の提案は、侍女の人数を半分にして海外の名家の令嬢達のホストファミリー《オ・ペア》となり、減らした侍女に代わって令嬢達に家事手伝いや行儀見習いをしてもらうことだという。

そんなことをされたら、追い出された侍女達は路頭に迷っていずれ疫病で死ぬか、あるいは娼婦になるしか道がない。メイド長は必死に翻意を懇願したが、その願いが聞き届けられることはついになかったらしい。

バルムンク伯爵は夫人に対してとても甘かった。伯爵が海外に渡航したのも、この提案が実現可能かどうかを見極めるためだとのこと。伯爵が帰ってきたら夫人の計画が実行に移される。

焦ったのはメイド長である。このままでは自分の娘達が危ない。

そう考えた彼女は、バルムンク夫人の殺害を決意した……。

「……とまあ、そういうことのようだぞ」

暗い表情をしたグラムがため息を漏らす。

「なんとまあ……」

ダベンポートも思わずため息が漏れるのを感じた。

「救いのない話だな」

「ああ、そうだな」

二人で再びため息を漏らす。

やがて、グラムが口を開いた。

「まあ、そうは言ってもきっと状況は好転するんじゃないか？　バルムンク夫人は亡くなったんだ。侍女達の総入れ替えもナシになると俺は睨んでいるんだが」

「なら、いいがねえ」

ダベンポートはそれでも釈然としないものを感じていた。

結局、夫人が死んだのも半分は自業自得、自身の冷酷さのせいではないか。他方、孤児達の母たらんとしていたメイド長は今や犯罪者、しかも跳ね返り《バックファイヤー》付きだ。

「世の中はままならんねえ」

「全くだ」

グラムは手にしていた報告書を不愉快そうにティーテーブルの上に放り投げた。

「ところでダベンポート、例の跳ね返り《バックファイヤー》なんだが、」

「ああ、あの猫耳かい？」

ダベンポートはグラムに答えた。

「あれで、終わりなのかい？」

やや、気遣わしげに訊ねる。

「そんな訳がないじゃないか」

ダベンポートは暗い笑みを浮かべた。

「前にも言っただろう、魔法陣は消せないって。それを力任せに消しちゃったんだ、影響は永遠に続くさ」

「どういうことだ？」

「変身はこれからも続くだろうっていうことさ」

ダベンポートは冷たく、だがきっぱりとグラムに告げた。

「次は多分尻尾だろう。その頃にはだいぶん知能も低下してきているはずだ。やがて手足の形が変化し、体型もおそらく変わる……。きっと、一年もしないうちに婦長さんは人間大の猫になっているよ。その頃には知能も多分猫並みか、あるいはそれ以下だ」

ダベンポートの目は昏《くら》かった。

禁忌の結果は魔法院の授業でも必ず取り上げられるテーマだ。見るもおぞましい写真もたくさん見せられる。

そんな中では、メイド長の受けた跳ね返り《バックファイヤー》はまだマシな方なのかも知れない。

「……そうか。俺、あのばあさん嫌いじゃなかったよ」

「ああ、僕もさ」

ダベンポートは励ますようにグラムに笑いかけると言った。

「それよりも、僕はいいものを持っていることに気づいたよ」

と、胸ポケットから二本の葉巻を取り出す。

「これでも吸って、気を紛らわせよう。いつまでも考えているのは身体に毒だよ」

立ち上がり、手近な伝声管の蓋を開ける。

「おーい、新しいメイド長さん、シガールームは使えるかね？　……え？　使えない？　じゃあいいよ、ここで吸うから。君、すまないけど灰皿を持ってきてはくれないか？　ハバナ産の良い葉巻なんだ。良い灰皿を頼むよ」

第二話　灰は灰に、猫はメイドに

一

バルムンク邸事件から一ヶ月後。


魔法院でのペーパーワークを終え、ダベンポートは自宅のドアを開けた。

「ただいまリリィ」

ダベンポートの自宅は魔法院の敷地内にある、借家の一つだ。

王立魔法院は戸建ての家を敷地内に多数所有しており、それを上級職員に無料で貸し出していた。サイズは様々、六人家族向けの大きな家もあれば、ダベンポートのような独身者のための小さな家もある。官舎のようなものだったが、それぞれの家が離れて建てられているのは有り難かった。おかげで周りの物音に煩わされることなく研究に没頭する事ができる。

「お帰りなさいませ、旦那様」

すぐに奥から住み込みのメイド、リリィがトタトタと走ってくる。

リリィの歳はよく知らない。多分二十歳くらいだろう。

リリィをはじめとする各住宅のメイド達も皆、魔法院から紹介されたものだった。一軒に一人。魔法院の借家には必ず住み込みのメイドがついている。これは家事に感《かま》けている暇があったら少しでも多く研究せよという魔法院からのメッセージだったが、確かにこれはありがたい。

リリィは大人しいが全ての家事をそつなくこなす優秀なメイドだった。掃除、洗濯、食事の準備に、必要なときには話し相手まで。

ダベンポートが目覚める朝の八時頃までにはちゃんとフルサイズの朝食の準備が終わっており、帰宅する頃には暖炉に赤々と石炭が熾《お》きている。夕食は九時。リリィと二人で食事を摂った後、十二時過ぎまで趣味の研究をしてから就寝というのがダベンポートの毎日の流れだった。

全てにおいて批判的なダベンポートから見てもリリィは美人だと思う。背の高さはダベンポートの肩くらい。細身の割に豊かな胸、蜂蜜色のブロンド、白い肌。大きな青い瞳に上品な唇。

メイドをしている女性は多くの場合、貧困層出身の女性だ。

だが、リリィが日々のパンにも困って路地を徘徊《はいかい》していたとは到底思えない。

(不思議だ)

魔法院はどこからリリィのようなメイドを見つけてくるのだろう。ダベンポートはリリィを見るたびに不思議に思う。

「リリィ、今日の夕食は何かね?」

制服のインバネスコートをリリィに脱がせてもらいながら訊ねる。

「今日はステーキにいたしました。グリーンペッパーソースのサーロインステーキミディアムレア、付け合わせは人参とポテト、それにグリーンピースです」

「スープは?」

「グリーンピースのポタージュです」

「誠に結構。美味しそうじゃないか」

「ありがとうございます」

リリィがペコリと頭を下げる。

「それでは、残りの準備をしますので、旦那様はリビングでお寛ぎください。新聞はティーテーブルに置いてあります」

「ああ、そうさせてもらおうかな」

ダベンポートはシャツのボタンを緩めながらリビングへと向かった。


二人で頂いた夕食の後、ダベンポートは自分の書斎に引っ込んだ。

地下室のキッチンからリリィが皿を洗う水音がかすかに聞こえる。

「♪〜」

リリィが鼻歌を歌っている。

ダベンポートはリリィの鼻歌をこうして遠くから聞いているのが好きだった。なんとも暖かい気持ちになる。

ダベンポートの仕事は魔法が関係している事件を扱う王立魔法院の捜査官だ。扱う事件は陰惨なものが多く、ダベンポートはたまに自分でも人の心の持ち合わせが不安になる事がある。

リリィはそうしたダベンポートの心の拠り所だった。リリィが居れば、ダベンポートは家にいる間だけは人間に戻る事ができた。

「……さて」

いつものようにノートを開き、本棚から分厚い魔導書のうちの一冊を取り出す。

魔導書とは言っても、これはどちらかというと過去の判例集に近かった。全三十冊を超えるこの書物には過去に行使された魔法の全ての魔法陣がアーカイブされている。しかも、この書物は毎年魔法院によって更新されていく。基本的には後ろに新しい魔法陣が追加されていくだけだったが、数年おきに全冊入れ替えられていた。

流石にこれを全て頭の中に叩き込む事は不可能だ。なので、この書物には別途で上下二冊のインデックスが添えられている。

ダベンポートの今の趣味はこのインデックスを辿って、過去に呪文の跳ね返り《バックファイヤー》を治療した記録がないかどうかを辿る事だった。

バルムンク事件によって、バルムンク家のメイド長は手酷い跳ね返り《バックファイヤー》を受けた。効果は人猫《じんびょう》化。まだ尻尾は生えてきていないが、それも時間の問題だろう。今は耳だけだし、知能も影響を受けていないようだが、何かしない限り絶対に跳ね返り《バックファイヤー》は止まらない。いずれ手足の形が変わり、知能は衰え、体形も変わっていく。

ダベンポートは自分でも、なぜバルムンク家の「元」メイド長の人猫化を止めたいのか良く判ってはいなかった。

全ては単なる気まぐれ、完全なる思いつきだ。

バルムンク家の「元」メイド長、ヴィングが跳ね返り《バックファイヤー》を受けたのはバルムンク伯爵夫人を毒殺し、その死体を隠滅する目的で絶対の禁忌である人体爆縮攻撃を行った結果だった。

無論、毒殺は許されるべき事ではないし、ましてや禁忌呪文の行使の対価はその身を以て贖《あがな》ってもらうしかない。

だがそれでも、ヴィングがただ猫化していく事をなぜかダベンポートは坐視する事ができなかった。

バルムンク夫人の死は翻ってみれば自身の冷酷さが招いた、自業自得の結果だろう。それに対し、ただ娘たちを守ろうとしただけのヴィングがなぜ罰を受けなければならない?

法廷が何を言おうが、これはダベンポートの正義からすると正しい事ではない。

これは、ダベンポートの正義に対する挑戦だった。

ならば、受けて立とうではないか。

ダベンポートは黒いシャツの袖を捲り上げると、昨夜しおりを挟んだところから再びインデックスを辿り始めた。

二

「旦那様？」

夜半過ぎ、いつものようにリリィがダベンポートの書斎にやってきた。礼儀正しい四回ノック。

「やあ、もうそんな時間かい？　リリィ」

立ち上がり、書斎のドアを開ける。

「旦那様、お茶の時間です」

リリィはトレイにティーポットとティーカップ、それにお茶菓子を載せて静々と入ってきた。

ティーテーブルにお茶菓子のショートブレッドとティーマットを広げ、ダベンポートの傍に置いたティーカップに丁寧な仕草でお茶を淹れる。

どうやら今晩はダージリンのようだ。

お茶好きのダベンポートは常に四種類程度の茶葉を切らさないようにとリリィに命じていた。モーニングブレンド、アールグレイ、ダージリンは外せない。その他にもリリィは街に買い物に出るたびにお茶屋さんを覗き、珍しいお茶があると少量ずつ買ってきてくれる。

この前買ってきたのはマンゴーの香りのエキゾチックなお茶だった。その前は少し酸味のあるバラのお茶、東洋のお茶を買ってきたこともある。

一体いかなる尺度で選んでいるのかはダベンポートにも測りかねたが、リリィのお茶に関する選別眼は確かだった。

それにそれぞれの時間に淹れるお茶の選択もいい。リリィは必ずその時ダベンポートが飲みたいお茶を淹れて持ってくる。

(これはもう、ある種の特殊能力だよな)

と、ダベンポートは思う。

リリィは一杯分のお茶をティーカップに注ぐとティーポットをティーマットの上に戻し、ティーコジー(ティーポット保温用のカバー)を被せた。

「それでは旦那様、わたしは先にお休みさせて頂きます。旦那様もあまり夜更かしなさいませんよう」

トレイを身体の前に抱え、ペコリと最敬礼。

「ああ、ありがとうリリィ。今晩は冷える。暖かくしてお休み」

これは毎晩の手続きのようなものだった。

リリィは一日の仕事の仕上げに必ずお茶を淹れてダベンポートの書斎に現れる。少し雑談することもあれば、今日のようにすぐ引き上げることもある。これはどうやら、ダベンポートの忙しさとも関係しているようだった。

ダベンポートが忙しく調べ物をしたり書き物をしている時、リリィは絶対に長居しない。逆にダベンポートが退屈しているときは、街に買い物に出た時にどんなことがあったのか話してくれることもある。

この気遣いはありがたい。

これができないメイドだったらとっくにクビにしているところだ。

だが実のところ、ダベンポートはリリィとの生活に大変満足していた。

「はい」

リリィが頷く。

「この前買って頂いたおふとん、暖かいです。ありがとうございます」

「東洋の医者によれば、靴下《ソックス》を穿いて寝たほうが身体が温まるらしいよ」

ダベンポートは何日か前に同僚に教わった雑学を披瀝《ひれき》した。

「判りました、試してみます。……それでは、お休みなさいませ」

リリィはもう一度頭を下げると、静かに書斎のドアを閉じて出て行った。

リリィの寝室は二階の屋根裏部屋だ。本来屋根裏部屋は男性使用人の寝室なのだが、ダベンポートの家には男性使用人がいない。そこでダベンポートは屋根裏部屋全体をリリィの好きに使わせていた。

今頃、彼女はフックを使って屋根裏部屋に続く急な階段を下ろしているはずだ。その後階段を上げてしまえば後は朝までリリィは自由になる。

（リリィは夜に何をしているんだろう）

ダベンポートはインデックスを手繰る手を休めると、お茶を飲みながらぼんやりと考えた。

（薄暗い屋根裏部屋で読書をしているとも思えないし、かといって他にすることも考えられないし。すぐに寝てしまうんだろうか……）

外でフクロウが鳴いている。

ひょっとしたら、リリィはこういう夜の音を楽しんでいるのかも知れない。

ダベンポートはしばらくティーカップで両手を温めながらのんびりとした時を楽しんでいたが、やがてお茶を飲み終えると再びインデックスに向かった。

「……続けるか」

閉じていたインデックスを開き、指で辿りながら手がかりを探す。

ダベンポートはもう一ヶ月近く今のテーマで苦戦していた。

苦戦するのには理由がある。

そもそも、禁忌呪文を使った記録はほとんど残っていなかった。禁忌呪文の跳ね返り《バックファイヤー》に関した研究はさらに少ない。

実際、ヴィング元メイド長は非常に稀有な例なのだった。

禁忌呪文の行使に成功し、さらに跳ね返り《バックファイヤー》を受けたにも関わらず五体満足で生きている記録はひょっとしたらヴィングのケースしかないのかも知れない。

だとしたら、過去の記録から辿るのはお手上げだ、と思わずダベンポートは宙を仰いだ。

過去事例がないとしたら、それはコトだ。

全く新しい魔法を一から作らなければならなくなる。

他にも頭痛の種があった。

ヴィングは今も騎士団の監獄に囚われている。

仮に跳ね返り《バックファイヤー》を解決したとしても、死刑囚として絞首刑になっては元も子もない。

現状、ヴィングはおそらく貴重な研究材料として魔法院の庇護の下にある。

だが、いつ状況が変わるかは神のみぞ知る、だ。

（脱獄か。牢を抜けるのはおそらく簡単だが、その後が面倒だ。何か追っ手がかからない方法を考えないと……）

ダベンポートは生ぬるくなってしまったお茶の残りを飲みながら、再びインデックスの解析に没頭した。

三

結局、昨夜は一時近くまでインデックスを解析していた。二分冊の上巻はもう解析してしまった。今は下巻だ。

だが、下巻が扱うのは上巻よりも瑣末《さまつ》な事例ばかりだ。上巻は大きな魔法に関する派手な記録を中心にアーカイブされているのに対し、下巻はより学究的な、細かい内容が多い。

（下巻を洗うのは骨が折れるな……）

寝室で制服に着替え、二階から一階に降りる。

ダイニングではいつものメイド服とエプロンドレスに身を包んだリリィが朝食の準備を終えてダベンポートが降りてくるのを待っていた。

「おはようございます、旦那様」

ペコリと朝の礼。

「ああ、おはようリリィ」

ダベンポートはあくびをしながらリリィに答えると自分の席へと向かった。

すぐにリリィが飛んできてダベンポートの椅子を引いてくれる。

今日の献立はシリアルに半熟の目玉焼き二つ、ベーコン三枚にソーセージ、ベイクド・ビーンズ。お茶はモーニングブレンドだ。朝はミルクティーと決まっているダベンポートのためにポットに入ったミルクも添えられている。

　早速リリィがダベンポートのティーカップにお茶を注いでくれる。ダベンポートはそこにミルクを足して、ミルクが多めのミルクティーにした。

「ふわ……」

　つい、あくびが漏れる。

　今日は早寝にしよう、とダベンポートは決めた。寝不足ではいい仕事は出来ない。

「旦那様、昨日は遅かったのですか？」

　とリリィが気遣う。

「ああ、一時くらいかな。気づいたら思ったよりも遅くなっていたのですぐに寝たよ」

「暖炉は十二時くらいに燃え尽きるように石炭を焼《く》べています。あまり遅くなるようでしたら早めに言って頂ければ……」

「いや、いいんだよリリィ、いくら何でも一時は遅い」

「ならいいのですが、暖炉が落ちてしまうと寒いので」

「そうしたら、寝るさ」

　ダベンポートはリリィににこりと微笑みかけた。

「わかりました。でも、遅くなるときは気兼ねせずに教えてください。石炭を焼べ足します」

　リリィはそれ以上深追いすることはせず、ダベンポートの背後の定位置に戻った。

ボリュームたっぷりの朝食は美味しかった。昼はリリィの持たせてくれた新大陸風のサンドウィッチに事務所の紅茶、三時のお茶菓子はスコーン。

「ああ、クッソ！」

ダベンポートがティーセクションでスコーンをつまんでいる時、隣の席のトーマスが悲鳴をあげた。

「どうした？」

ティーセクションから戻り、トーマスのデスクを覗き込む。

「魔法陣を上書きしてしまった。やり直しだ」

印刷物に残す魔法陣は専用のプロッターに描かせる。パラメーター《媒介変数》の設定が面倒なのだが、この機械を使えば綺麗に魔法陣を書き残すことが出来た。

だが、今トーマスが持っている魔法陣は二重に描かれてしまって無残な変形七芒星魔法陣になってしまっている。領域《リーム》の定義も無茶苦茶だ。

「あー」

残念な魔法陣に思わず苦笑が漏れる。

「やり直しだな」

ダベンポートは気のいいトーマスの肩を叩いて慰めた。

「ぼんやりしていてしくじった」

「まあ、もう一度描けばいいじゃないか」

「そうなんだがね……ああ、面倒だなあ、また一時間待つのか」

「御愁傷様」

にこりと笑って見せる。

だが、頭の中でダベンポートは別のことを考えていた。

(呪文のオーバーライトか。これは考えなかったな。今日はこれを重点的に調べてみよう)


…………


足早に帰宅し、夕食もそこそこに——ちなみに今晩はサーモンのムニエルだった——お茶を片手に書斎に閉じこもる。

ダベンポートはインデックスの下巻から、呪文のオーバーライトに関するセクションを見つけ出した。

思ったよりも多くのページが費やされている。

どうやら呪文のオーバーライトは比較的よくある事故のようで、これによる跳ね返り《バックファイヤー》の例なども本文の方には詳細に記述されているようだ。

ダベンポートはインデックスを頼りに本文の方の文献を取り出した。

インデックスには見出し語しか書かれていない。詳細に調べるには本文に当たる必要がある。

「♪〜」

どこかからリリィの歌声が聞こえてくる。

(ふふ、街で何かいいことがあったのかな?)

ダベンポートはどこか気分が良くなるのを感じながらインデックスに指定されている文献を取り出した。

(呪文のオーバーライトか。つまりはこれを故意に起こせということだな……)

パラリ、パラリ……と文献を読み進める。

（なるほど、オーバーライトするにしても、前の魔法陣を消すためには条件がありそうだ……）

パラリ
（結局はエレメントと領域《リーム》か。エレメントが違うとオーバーライトの事故はより酷くなるようだな……）

パラリ
（逆にエレメントが同じなら、後から詠唱《キャスト》された呪文の領域《リーム》が優先される訳だ……。後発優先。面白い）

パラリ
（跳ね返り《バックファイヤー》がすでに起きていても、エレメントが同じならオーバーライトした呪文の規模と効果が優先されるのか。その場合跳ね返り《バックファイヤー》はどうなるんだろう……。これは深掘りする価値がありそうだ）

没頭するあまり、今晩のダベンポートはリリィのお茶の時間をすっぽかしてしまった。

どうやら上の空でリリィのノックに返事だけはしたらしい。

気がつけば、ティーテーブルにはティーコジーを被ったティーポットとお茶菓子が置かれていた。ポットにはちゃんとティーカップも添えられている。

「しまった！」

思わず声が漏れる。ひっそりと冷めつつあるお茶セットを見て、ああ、とダベンポートは宙を仰いだ。

リリィにはかわいそうなことをしてしまった。

今日は夕食の間も考え事をしていたし、リリィとほとんど話していない。

無視した訳ではないのだが、ダベンポートには集中すると他のことがどうでも良くなるという悪い癖があった。

(明日はもっと優しくしないとな)

ただでさえ同僚やグラムからは人の心が足りないと言われているのだ。

ダベンポートはリリィにまでそうは思われたくなかった。

(とはいえ、これを終わらせないことにはどうにもならんか)

ダベンポートは自分でお茶をティーカップに注ぐと、お茶を飲みながらさらに文献を読み進めていった。

四

翌日、ダベンポートは努めてリリィと良く話すようにした。

「リリィ、今日はどういう予定なんだね?」

朝食の時、ダベンポートはわざわざ向かいにリリィを座らせて今日はどういう予定なのかを訊いた。

「午前中はお掃除とお洗濯、午後はお買い物に出かけようと思います」

ダベンポートの向かいでリリィが答える。

「お金は足りているかい?」

「はい、大丈夫です。この前たくさんお預かりしましたから」

「足りなくなったらすぐに言うんだよ？　お金の心配をしなくていい程度には稼いでいる」

「はい」

リリィがにこりと笑う。

「ああ、そう言えば」

ふと思い出し、ダベンポートは一つリリィにお使いをお願いすることにした。

「はい。何でしょう、旦那様」

「今日、買い物に出た帰りにここの教会に寄って欲しいんだ。萎《しな》びた神父が一人いるはずだから、その神父に直近の葬式の予定を聞いて欲しいんだよ。僕が知りたがっていたと言えば話はすんなり進むはずだ」

「……お葬式の予定、ですか？」

リリィが不思議そうに首を傾げる。

それはまあそうだろう。事前に判る葬式なんてある訳がない。

不思議そうにするリリィを見て、ダベンポートは言葉を継いだ。

「連中も商売だからね、管区のどのジイさんがそろそろ死ぬとか、どのバアさんが老い先短いとかってことは把握してるんだよ。ちょっとそれを聞いてみて欲しいんだ」

「……わかりました」

まだ釈然としない様子ながらも、リリィが頷いて見せる。

「じゃあ頼んだよ、リリィ」

とダベンポートは朝食を終えると、止めるリリィを宥《なだ》めつつ、今日は自分で皿を下げた。

昨日のうちに調べはほとんどついていた。

魔法院のアーカイブは素晴らしい。どんなに瑣末なことでも詳細に記録が残っている。昨日も一時過ぎまで文献を漁った結果、ダベンポートが知りたいことはほとんど全て判っていた。これ以上は試作と実験を繰り返さないと判らないだろう。


その日の夕食はポトフだった。豚肉とソーセージ、それにキャベツをコトコトと煮込んだ料理だ。リリィが具を取り分け、スープを注いでくれる。

「やあ、いい香りだ」

夕食の間もダベンポートは心がけてリリィと言葉を交わすように務めた。

リリィはそれほど多弁な方ではない。むしろ、無口かもしれない。だがそれでも、リリィは時折笑顔を見せながら会話を楽しんでいるようだった。

「セントラルでお芝居が開かれていたんです」

上品にスープを口に運びながらリリィがダベンポートに教えてくれる。

「お芝居?」

「はい。結構有名な戯曲のようで、混んでいました」

「平日なのに暇な連中もいたもんだ」

呆れたようにダベンポートが言う。

「そうですね。上流の方が多いように見えました」

通常、メイドは主人と共に食事をしない。主人と使用人はそれぞれが別の場所、別の時間に別のメニューを食べる。

だが、ダベンポートはそれを良しとはしなかった。

一人で食べる夕食は味気ない。リリィも一緒に食べなさい。……ああ、これは命令だ。

そういう訳で、二人はいつも夕食を共にしていた。

リリィも最初は戸惑ったようだが、嫌ではないみたいで今では楽しそうに一緒に夕食の席についてくれる。

「そうだ、リリィ」

食後のお茶を飲みながら、ダベンポートはリリィに言った。

「はい旦那様、何でしょう？」

「今日は地下の実験室を使う予定なんだ。そばにいると危ない。今日はお皿は洗わなくていいから地下には近づかないように」

「でも、そうしたら夜のお茶が……」

「そうか」——ちょっと考える——「ではこうしよう。僕は十時から実験室を使うことにする。リリィはそれまでに皿洗いとお茶の用意をしてくれるかい？　お茶は書斎に持ってきてくれればいい。いつもよりも少し時間が早いかも知れんね」

「判りました」

リリィはコックリと頷いた。

「では今日は早めにお休みします」

「ああ、そうしてくれ。地下室と屋根裏部屋なら十分に離れているから安心だ」

と、ダベンポートは今朝のお使いのことを思い出した。

「ところで、葬式の予定は判ったかい？」

「はい、判りました」

と、リリィはスカートのポケットから何やら紙片を取り出した。

どうやら適当な紙をもらってメモしてきたらしい。

「……南ブロックでお爺さんが一人亡くなりそうです。西ブロックでもおばあさんが二人臥せっていますが、すぐに亡くなるかどうかは判らないとの事でした。今日も一件、お通夜があります。馬車に子供が跳ねられたんですって。かわいそう」

「ふむ……そうか、どうもありがとう。また来週お願いするかも知れない」

「判りました」

相変わらず、『わたしの旦那様はなんでそんな不吉な事に興味を持つのかしら？』と訝《いぶか》しむ様子だ。

これは気をつけないと。教会に行かせるのはほどほどにしよう。

「リリィ、では片付けるか。僕も皿洗いを手伝おう」

ダベンポートは腕まくりをしながら立ち上がった。

「そんな！」

リリィが血色張ってダベンポートの前に立ちふさがる。

「ダメです旦那様、旦那様はお寛《くつろ》ぎください！　朝も夜もお手伝いしてもらう訳には参りません！」

「まあまあ、いいから」

「でも旦那様！」

ダベンポートは嫌がるリリィの柔らかな背中を押しながら、共に地下のキッチンへと降りていった。

「さて、では始めるかね」

夜の十時過ぎ、ダベンポートは羊皮紙に印刷した魔法陣の束を持って地下の実験室に入った。鉄の扉を厳重にロックし、万が一の場合に備える。

ダベンポートは魔法陣の束と一緒にお茶の入ったマグカップを持ってきていた。

今日のお茶はピーチの香りのものだ。

(相変わらず、おかしなお茶を買ってくる子だ。……だが、味は悪くない)

お茶を啜り、ワークベンチを動かしながら考える。

魔法陣は昨日見た文献を参考にした。領域《リーム》の定義がダベンポートの実験室の定義とは異なるため書き換えたが、他はほとんどそのままだ。

持ってきたのは簡単な切断呪文の魔法陣とより高度な重力制御呪文の二種類。それぞれ領域《リーム》の定義を少しだけわざと間違えて失敗《フィズル》する魔法陣とちゃんと詠唱《キャスト》に成功する魔法陣を準備した。使用するエレメントもそれぞれの魔法陣の分だけ用意する。

これを使って、跳ね返り《バックファイヤー》を上書きできるかどうか実験する。簡単に言えば、同じ場所に二度魔法陣を描くのだ。極めて危険な実験だったが、他に手立ては考えつかない。それに領域《リーム》を調整し直し、ちゃんと呪文の出力は最小にした。これなら最悪怪我で済むだろう。

ダベンポートはオーク材から削り出された重たいワークベンチを自分の目の前に動かした。床の印と慎重に合わせ、ワークベンチが計算してある領域《リーム》から外れないようにする。土台が狂っていたのでは、いくら慎重に魔法陣を設計しても意味はない。この位置合わせは重要だ。

呪文の詠唱は全てこのベンチの上で行う。

このベンチには魔法院が開発した特製の仕掛けが施してあり、下のペダルを踏むと中に仕込まれている解呪文が作動するようになっている。コンパクト化されたこの解呪文が作動すると、半ば自動的に魔法陣を安全に解体し、消去する仕組みだ。

これを使えば、同じ場所で繰り返し呪文の実験を行う事ができる。魔法院の関係者なら誰でも最初に触る魔法具だ。

「では、切断呪文からだな」

ダベンポートはこれまでの実験の経緯をノートに書き留めると、最初の魔法陣をワークベンチにセットした。

五

ダベンポートはワークベンチに魔法陣をセットすると、お約束の起動式を詠唱した。

「────」

ダベンポートの声が狭い実験室の中で反響する。

この式はどの呪文にも共通の、言ってしまえば合言葉のようなものだ。

これを唱えることで回路が開き、空気中に漂うマナがエレメントのエネルギーを魔法へと変換する。

ついでダベンポートは、魔法陣を起動するための固有式を詠唱した。

術者：ダベンポート
対象：リンゴ

エレメント：カミソリ

「――――」

およそ常人では発音できない複雑な発声。唱えるにつれ魔法陣のルーンが浮き上がり、空中で淡く光りながら回転する。

と、詠唱が終わると同時にマナがエレメントのエネルギーを魔法陣に送り込み、魔法の呪文が起動した。

スパンッ

軽快な音を立て、リンゴが二つに割れる。

「うむ」

ペダルを踏んで解呪してから、ダベンポートはワークベンチのリンゴを手に取った。

ちゃんと魔法陣は働いている。

威力過剰《オーバーキル》にもなっていない。

「じゃあ次、だな」

ダベンポートは新しい魔法陣をセットした。

今度は流石に緊張する。

何しろ間違った魔法陣なのだ。唱えたら確実に失敗《フィズル》する。

一歩間違えれば、跳ね返り《バックファイヤー》で大怪我をする可能性すらあった。

詠唱を始める前に、コンパクト化された治癒呪文の護符が手元にある事を確かめる。

最悪の場合は自分で自分を治療しなければならない。

「……よし、行くぞ」

ダベンポートは自分を鼓舞するかのように腕を捲り上げた。

両手をすり合わせ、起動式を詠唱。

続けて固有式を詠唱。先の成功する魔法陣とは微妙に発声が違う。

先ほど唱えた魔法陣と同じ反応。唱えるにつれ魔法陣のルーンが浮き上がり、空中で淡く光る。

だが、ダベンポートは魔法陣がかすかに唸《うな》りを上げている事に気づいていた。

領域《リーム》が異なるため、回路の解放不良が起きているのだ。

と、詠唱が終わると同時に呪文が起動した。

瞬時に失敗《フィズル》。

唸りが強くなり、それまで光っていたルーンが突然暗くなる。

ダベンポートは最初、何が起こっているのか判らなかった。

スパンッ
ダベンポートは自分の右腕を見てみた。

切り傷ができて、そこから血が流れ始めている。

スパンッ
切り傷が増えた。

「いかん！」

これが、跳ね返り《バックファイヤー》だ。

術者に呪文が跳ね返ってきている。

見る間に傷が増えていく。出力を最小に落としておいてよかった。放っておいたら腕を持っていかれるところだった。

ダベンポートは右腕から血を流しながら、慌てて正しい方の魔法陣をワークベンチにセットした。

解呪は、しない。

せっかく血を流しているのだ。

呪文のオーバーライトの効果を確かめないと。

跳ね返り《バックファイヤー》が吹き荒れる中、ダベンポートは再び起動式を詠唱した。

そのまま急いで固有式を詠唱する。

ヴーン……

怒り狂ったようにルーンが唸る。

と、突然、光り輝くルーンが上から現れた。

光るルーンがそのまま暗いルーンの上に重なり、ワークベンチの上で回転を始める。

右回転のスピン。

そういえば間違えた魔法陣の時は左回転だった。

跳ね返り《バックファイヤー》が、止まった。

新しい呪文がワークベンチのリンゴを二つに切り裂き、ルーンが静かに暗くなっていく。

ルーンが消えた時、跳ね返り《バックファイヤー》も完全に収まっていた。

一応ペダルを踏み、魔法陣を解呪する。

血の流れる右腕を左手で押さえながら、ダベンポートは思わずどっと椅子に背を投げ出していた。

額に汗が浮いている。

切断系の呪文を選んで正解だった。燃焼系の呪文を選んでいたら、今頃実験室は火事になっているだろう。

震える手で護符を取り、呪文を唱えてコンパクト化された治癒呪文を起動する。

すぐに、ダベンポートの右腕の痛みは治まった。傷口も開いていない。

正直、恐ろしい。

それが最初の感想だった。

若い頃は何度かやらかしたが、その度に指導教官がすぐに暴走を止めてくれた。戦場では跳ね返り《バックファイヤー》もクソもない。一度も失敗しなかったのが不思議なくらいだ。

(婦長さん、あなたは凄いな)

腕の動きを確かめながら、ダベンポートは思った。

ヴィングはこれよりも遥かに恐ろしい呪文の跳ね返り《バックファイヤー》を受けたのだ。

しかも覚悟の上で。

ワークベンチの周りに血が飛んでいる。

これは早いうちに掃除しておいた方が良さそうだ。明日これをリリィが見つけたら、彼女はきっと卒倒する。

ダベンポートはとりあえず実験を中断すると、実験室の隅から持ってきたモップで床を拭い始めた。

その後さらに二度切断呪文で効果を確かめたが、結果は同じだった。

思った通り、どうやら正しい呪文でオーバーライトすれば、前の効果も、跳ね返り《バックファイヤー》も消えるらしい。

だがそれはあくまでも切断呪文での検証結果だ。

本当の結果は重力制御呪文で確かめなければならない。

重力制御呪文は、数ある呪文群の中でももっとも高度な部類に属する呪文だった。

固有式も切断系の呪文に比べると格段に長い。

これを一字一句、間違えずに詠唱しないと失敗《フィズル》する。

（ひょっとして、間違えた魔法陣は要らなかったんじゃないか？）

固有式を見ながら、うんざりと考える。

（普通にやっても失敗しそうだ）

だが、それだとヴィングの禁呪の完全な近似にはならない。

（ん？　僕はひょっとして今、禁忌を犯しているのか？）

不意にダベンポートは気がついた。

跳ね返り《バックファイヤー》や失敗《フィズル》の破壊力は違うにせよ、ダベンポートも故意に呪文を間違えて自分の身体を傷つけているのだ。

（ハ、同じ穴の貉《むじな》か）

ダベンポートはシニカルに笑うと、再び持ってきた重力制御呪文の固有式に目を落とした。

二十六段階の固有式。五段ごとにフィードバックゲートがあり、それまでに詠唱を間違っているとその場で呪文は強制終了する。

術者：ダベンポート
対象：石炭
エレメント：石炭

対象とエレメントはどちらも石炭にした。石炭はエレメントとしての熱量が格段に高い。エネルギーを必要とする重力制御呪文にはぴったりだ。

対象を石炭とした事に特に理由はない。重力制御は何に対しても作用する。

だが、せっかくなら少しぐらいお土産が欲しい。

石炭を呪文で圧縮すれば、うまくいけばダイヤができる。

明日の朝、ダイヤをリリィに渡したら、彼女はどんな顔をするだろう。

（婦長さんは一体どれくらいの量の石炭をエレメントに使ったんだろうな）

熱量を計算しながらダベンポートは考えていた。

（一キロ、いや二キロくらいは必要か。とんでもないことをやったもんだぜ、婦長さん）

ダベンポートが使おうとしている石炭はたかだか小指の先程度、対象の石炭も一欠片《かけら》だ。

（それだけの規模の呪文を故意に失敗《フィズル》させるんだから、やっぱり禁忌なんだろうなあ）

左手で頬杖を突き、右手で石炭の欠片を宙に投げる。

（って事はだ、詠唱の失敗によるフィズルと、魔法陣破壊によるフィズルはやっぱり違う訳だ）

魔法陣破壊によるフィズルの場合、フィードバックゲートを全て正常に抜けて呪文は最後まで唱えられている。それに対し、詠唱失敗によるフィズルはどこかのフィードバックゲートで起動が中断されるため、呪文が最後まで詠唱されることはない。

（なるほどね）

ダベンポートは納得すると、

「よしッ」

っと立ち上がった。

中腰になり、もう魔法陣がセットされているワークベンチに向き合う。

「行くぞッ」

ダベンポートは景気良く両手を擦り合わせると、重力制御呪文の詠唱を開始した。

六

結局、徹夜になってしまった。

暗い地下の実験室から這うようにして出てきた時、外ではすでに小鳥が鳴いていた。

「あ、旦那様、おはようございます」

ペコリと朝の礼。

「……ああ、おはようリリィ。リリィは早いね」

まだ日の出までしばらく間があると言うのに、リビングではすでにリリィが掃除を始めていた。

「徹夜、ですか？」

ハタキをかける手を休めたリリィが気遣わしげにダベンポートの顔を覗き込む。

「なぜ、そう思うんだい？」

「だって」――とちょっと考える――「目に隈ができてらっしゃいますし、お髭も少し……」

「そうか。まあ、正解だがね。気がついたら朝になっていた」

ダベンポートはソファに力なく座った。

「旦那様、少しお休みになった方が……一時間でも寝ると違うと言います」

「まあ、少し考えるよ。リリィ、ちょっとこちらにきてごらん」

ソファからダベンポートはリリィに手招きをした。

「はい、旦那様」

ハタキを後ろに隠し、ダベンポートの隣に立つ。

「リリィ、手を出してごらん？」

「？」

訳がわからないまま、リリィは薄い手のひらを差し出した。

その手にダベンポートが落としたのは砂利ほどの大きさの光る石だった。全部で十粒ほど。

「ダイヤモンドだよ。今朝、作った。リリィにあげよう。本当はいけないんだが、売るのでなければ構わんだろう」

「え？」

リリィの大きな青い瞳が驚きに見開かれる。

「いいんですか？」

「ああ」

ダベンポートは力のない笑みを浮かべた。

みるみるリリィの白い頬が紅潮する。

「しまってきます。旦那様、まだ寝ないで下さいね」

リリィは大切そうに手を握ると、パタパタと自分の部屋の方へと走っていった。

だが、廊下の角からすぐにひょこりと顔を出し、

「お茶を淹れます。ちょっと待っていて下さい」

と言って再び廊下の角へと消える。

ダベンポートが洗面所で髭を当たっている間に、リリィはお茶を淹れて待っていた。

「どうぞ」

ダベンポートが地下の洗面所から上がってくると、すぐにリリィが熱い蒸しタオルを手渡してくれる。

「ありがとうリリィ。ああ、気持ちがいいな」

「良かった」

リリィがニッコリと微笑む。

「リリィ、昨日は良く休めたかい？」

ダイニングに移動し自分の席でお茶を飲みながら、正面に座ったリリィにダベンポートは声をかけた。掃除はいいからそこに座って話し相手になってくれとダベンポートが頼んだのだ。

「はい、おかげさまでぐっすり休めました。静かでしたし」

「それは良かった」

じゃあ、実験室での騒ぎは屋根裏までは届かなかったのだ。それは良かった。

腕を捩《ねじ》り上げられながら二十六段階の呪文を唱えるのは苦行以外の何者でもなかった、とダベンポートは苦々しく思い出した。

重力制御呪文の跳ね返り《バックファイヤー》は陰湿だった。

腕を捩り上げられるのだ。

あのまま抵抗しなかったらどうなっていたんだろう?

腕を持っていかれるのか、それとも身体ごと床に叩きつけられるのか。

なんとか呪文のオーバーライトに成功し跳ね返り《バックファイヤー》を止めたのち、ダベンポートは真剣に実験を継続するべきか否か考えた。

だが、結局やらなければならないという結論に達し——優に十分以上は考えた——、実験を再開した結果がリリィに与えたダイヤモンドという訳だ。

「あのダイヤは髪飾りにでもするといい。きっと似合うよ」

「いえ旦那様、もったいないです」

ブンブンと首を振る。

「大切にしまっておきます」

「まあ、気が変わったら言いたまえ。セントラルの宝飾店に一緒に行こう」

ともあれ重力制御呪文でも跳ね返り《バックファイヤー》を止められるという事が判っただけでも大収穫だ。

嬉しそうに微笑むリリィを見ながら、ダベンポートの思考は再び昨夜の実験へと戻っていた。

これがヴィングの件でなければ論文を書いたのにな。まあいいか、これは僕だけの秘密にしておこう。

名誉欲も出世欲もあまりないダベンポートはあっさりとそちら方面の考えを捨てると、現実的な方向へと考えを戻した。

跳ね返り《バックファイヤー》はたぶん、解決した。

あとは脱獄だけだ。

そのためには葬儀を待たないと。

ダベンポートは冷静に、葬儀があってからの進め方を考え始めた。


一日、また一日。

ダベンポートは毎日葬式が出ないものかとジリジリしながら過ごしていた。

時間がない。とっとと脱獄させないと死刑になってしまうかもしれないし、尻尾が生えてしまうかも知れない。

その一方で、脱獄の準備は着々と進んでいた。

魔法院の制服の威力は絶対だ。

ヴィングが収監されている騎士団の兵舎は魔法院の隣に位置していた。扱っているケースが似ているため、騎士団と魔法院との交流は深い。

連中に知られずにヴィングを脱獄させる。そのためには、まずは監獄の鍵の入手からだ。

なに、蛇の道は蛇。手段はいくらでもある。それにこの制服を着ている限り、疑われることはほとんどない。


騎士団で無事狙いの鍵を入手した帰り道。

上機嫌で魔法院に帰る途中、ダベンポートは向こうから双子の姉妹が歩いてくるのを見かけた。

魔法院の遺体修復士《エンバーマー》、カラドボルグ姉妹だ。一人がヘレン、一人がカレンなのだが、ダベンポートには見分けがついた試しがない。

「あ、ダベンポート様！」

先にカレンだかヘレンだかのどちらかがダベンポートに気づき、遠くの方からブンブンと両手を振る。

「ダベンポート様！　おーい、おーい！」

「あ、ほんとだ、ダベンポート様だ！　おーい、おーい！」

双子だというだけでも紛らわしいのに、仕草まで良く似ている。

「やあ、カレン、ヘレン」

ダベンポートは片手を上げて挨拶した。

「仕事かい？」

「はい。終わって帰ってきたところです」

二人で「ねー」と頷き合う。

「へえ？」

「近くでおばさんが馬車に轢かれちゃって、それの修復」

「お馬さんに踏まれちゃって顔ぐっちゃぐちゃになってました！　あとお腹も！」

「胸も！」

「ねー」

再び二人で頷き合う。

「ふーん」

ダベンポートは正直、少し呆れていた。

若い娘が二人でにこやかに死体の話をしながら『ねー』もないもんだ。

魔法院の連中は大概少しアタマのネジが緩んでいるが、この子たちも相当だ。

「ちょっとお腹の中身が口からはみ出ちゃってたので修復には苦労しました。でも大丈夫、お顔は綺麗にしましたから」

「お棺に入っていたら判らないと思います」

「そうか、それは良かった」

「はい。ご遺族の方にもとっても喜んで頂けて、遺体修復士《エンバーマー》冥利《みょうり》に尽きるというものです」

「そうそう、お葬式も魔法院の裏の教会でやるって話で、わたしたちも誘われちゃいました」

「でも、わたしたちが行ってもいいものなんでしょうか、ダベンポート様」

二人が両側からダベンポートに甘く訊ねる。

「誘われたんだったら行ってもいいんじゃないか？　でも葬式なんて行っても楽しいもんじゃないだろう」

全く物好きな話だ。どれだけ遺体が好きなんだ。

「でも、作品がどう評価されてるかは見たいじゃないですか」

「そうそう、みんなが気づかなければわたしたちの勝ち、バレたら負け」

「ねー」

また、『ねー』か。

「まあ呼ばれたんだ、行くといい。ご遺族も喜ばれるんだろう？」

「はい、たぶん」

「じゃあ行ってきますね。ダベンポート様も、来ます？　明日がお通夜で葬儀は明後日らしいんですけど」

「いや、僕は遠慮しておこう。知らない方の葬儀に出ても退屈するだけだ」

ダベンポートはきっぱりと断った。

「それはそうかも知れませんね。ダベンポート様は作品に関係ないし」

意外と簡単に引き下がる。

じゃあ、わたしたちはこれで、とカラドボルグ姉妹がダベンポートと別れ、手を振りながら騎士団の方へと歩いていく。

しかしそれは良い事を聞いた。

二人が背後に去ったのち、ダベンポートの瞳が鈍く光る。

だが、それを見た者は誰もいなかった。

七

二日後の夜、ダベンポートは魔法院から馬車を一台借り出した。

魔法院の気まぐれな捜査官が夜に馬車を使うなどという事は日常茶飯事だったから、魔法院の馬丁は快く馬車を貸してくれた。

「御者はいるかね？」

と馬丁。

「いや、今晩は大丈夫です。自分で面倒見ます」

「そうかい。馬が疲れてしまう。朝には馬車を戻して欲しい」

「はい、それは必ず」

カッポ、カッポと蹄を鳴らしながらゆっくりと馬車を走らせる。

「ただいまリリィ」

ダベンポートは馬車を馬留めに繋げると、自宅のドアを開けた。

「お帰りなさいませ、旦那様……まあ、馬ですか？」

「今晩ちょっと用事があってね。夜、出かけてくるよ。お茶はいつもの時間に書斎に持ってきておくれ。お茶を飲んだら出かけてくる」

「わかりました」

うずらのローストの夕食を摂った後、書斎にこもったダベンポートは最後の仕上げに忙しかった。

出力を上げた切断呪文と規模最小の重力制御呪文の魔法陣。今度はちゃんと成功するタイプだ。

座標はもうわかっている。ヴィングの収監されている檻の座標だ。これはもう調べて領域《リーム》の計算も終わらせていた。

これらのパラメーターをプロッターに打ち込み、魔法陣を吐き出す。

各々一枚ずつで用は済むはずだったが、一応二枚ずつ準備する。

そのほかに治癒と解呪の護符を念のために数枚。ランタンとシャベル、それに麻袋は馬留めに準備してある。

夜が更けてフクロウが鳴く頃、頃合い良しと見てダベンポートは出かけることにした。

「じゃあリリィ、ちょっと行ってくるよ。遅くなると思うから、先に休んでなさい」

「はい。旦那様、お気をつけて」

リリィが玄関まで見送ってくれる。

リリィはダベンポートが出かける時はいつでも少し心配そうだ。

旦那様は出かければきっと無茶をする。

「大丈夫だリリィ、無茶はしないよ」

ダベンポートは安心させるかのようにリリィに微笑みかけると、静かにドアから出て行った。

向かった先は教会の裏にある共同墓地だった。

今日の葬儀で使われた区画はもう調べてある。静かに馬車を操作してその区画まで移動。

「ブルルィッ」

馬が鼻を鳴らす。馬は敏感な生き物だ。夜の墓地は怖いのかも知れない。

「ドウドウ」

ダベンポートは馬の首を撫でて落ち着かせると、荷台からシャベルと麻袋を取り出した。

ランタンを灯し、これを馬車から下げて周囲を明るくする。

「すみませんね、これも人助けなんですよ」

誰にともなく言うと、ダベンポートは棺が埋められた穴をザクザクとスコップで掘り始めた……。


ザクッ……

十分も掘らないうちに棺が露出した。埋めたばっかりだったので地盤が緩く、掘り返しは容易い。

シャベルを傍に起き、棺を開ける。

ガコッ
中にはドレスを着せられた中年の女性が眠るようにして死んでいた。

さすがカラドボルグ姉妹の作品、仕上げが美しい。これなら顔が潰れたなんてことは普通わからないだろう。

「よっと」

ダベンポートはその死体を抱き起こすと、持っていた麻袋に押し込んだ。

麻袋はそのまま馬車の荷台へ。

墓穴は丁寧に埋め戻し、掘り返したことがわからないようにする。

ダベンポートはランタンを消すと、次の目的地に向かって静かに馬車を動かした。


ヴィングが収監されている監獄は騎士団の建物の地下にある。ダベンポートは馬車を馬留めに停めると、手綱を馬留めの杭に二回ほど巻き、余りを下に垂らした。

こうしておくと絶対に外れない。

麻袋を肩に乗せ、堂々と騎士団の正面玄関から中へと入って行く。

「ダベンポートさん、ずいぶんと遅くのご来訪ですね」

その日の当直はグラムの所の若造だった。

「ああ、ちょっとここで確かめたいことがあってね。ちょっと使わせてくれるかな？」

「了解です。案内はいりますか？」

「いや、それには及ばない。監獄のどれかが使えればベストなんだが」

「それなら一番手前の監獄を使ってください。今、誰もいないですから……でも、何をなさろうと言うんで？」

「なに、ちょっとした実験だよ」

麻袋を運びながら薄暗い監獄の中を歩く。若造が鍵を開けたので区画の中には簡単に入れた。

ヴィングのいる監獄は一番奥の特別に警戒が厳重な区画だった。

ゲートの前で事前に準備していた鍵を取り出し、ゲートを開ける。

ギィ……

区画の中はさらに薄暗かった。

コツ、コツ……

ヴィングの檻の位置はわかっている。その角を曲がった少し先だ。

「……誰？」

奥の方からヴィングの弱々しい声がした。

相当に参っているようだ。あまり寝かせてもらえないのかも知れない。あるいは環境が劣悪なのか。

「………………」

黙ったまま、ヴィングの檻のドアの鍵を開ける。

ダベンポートは担いで来た麻袋を足元に落とすと、

「婦長さん、迎えに来ましたよ」

とだけヴィングに言った。

「その声は……ダベンポート様？」

驚いたように、暗がりの中で灰色の物体が半身を起こす。

顔に薄く光があたる。

ヴィングだ。

「ああ、僕だ。さあ婦長さん、行きましょう。子供達が待っている」

「ああ、私の娘たち」

咽《むせ》びながら涙を流す。

「でも、私は……」

ヴィングは物怖じする様子だ。

「この通り、私は化け物になってしまいました。今さらどうしようもありません」

「その件は僕が解決しました。今から説明するから、僕の言う通りにして下さい」

ヴィングは部屋の奥の方で丸くなっていた。

粗末な囚人服、藁のベッドにないも同然の布団。

ダベンポートは一瞬猫化が進んだのかと思ってギョッとしたが、ヴィングに尻尾が生えている様子はない。

どうやら劣悪な環境で少しでも暖を取ろうと丸くなっているだけらしい。

ダベンポートは檻の中央に移動すると、持ってきたチョークで単純魔法陣を描いた。片足を軸にして同心円を描き、中に三角形の領域《リーム》を刻む。

最後に、ダベンポートは魔法陣の真ん中に持ってきた羊皮紙の魔法陣と、対象にする石炭を置いた。エレメントにする石炭は魔法陣の外周に配置する。

こうすることによって、大きな単純魔法陣を羊皮紙に書かれた複雑な魔法陣と同じように行使することができるのだ。

「現代の魔法理論ではあなたの身体はマナの通路、エレメントは世界の理と呪文の具象を示します」

準備を進めながら、ダベンポートは背後のヴィングに説明した。

「マナの通路とは、言葉を変えれば魔力の供給と言うこともできる。そして魔法陣はこれらのエネルギーのチャンネルだ。ここで二つのエネルギーは整流され、マナの魔力とエレメントのエネルギーが魔法としてエネルギー変換される」

ダベンポートの説明が熱を帯びてきた。

「しかし、婦長さん、あなたはこのチャンネルを破壊してしまった。従って、今あなたの身体にはマナが流れ込むにも拘らずそれを流す先がない。結果として魔力は暴走し、予想もつかない結果を招く。それが、跳ね返り《バックファイヤー》です」

「…………」

「今からその暴走している『存在しない』魔法陣の上に正常な魔法陣を上書きして、強制的に正常終了させます。そうすれば跳ね返り《バックファイヤー》は消滅する……立てますか、婦長さん？」

ダベンポートはヴィングを手助けして彼女を立たせた。

「は、はい……」

何が何やら判らない様子ながらも、ヴィングがよろよろと立ち上がる。

綺麗だった銀髪が乱れて痛々しい。猫耳も力なく倒れている。

「これはあなたが禁忌を破った、重力制御呪文のコピーです。ただし、今度は失敗《フィズル》しない。そのように設計しました」

「…………」

ヴィングが魔法陣に目を落とす。

「ともあれ、ものは試しだ。早速始めましょう。婦長さん、重力制御呪文の詠唱は覚えていますね」

「はい、それはもちろん」

「婦長さんはだいぶん弱っておられるようだ。マナの供給は僕が助けます。婦長さんは二十六段階の詠唱《キャスト》を一字一句間違えないように」

術者：ヴィング
対象：石炭
エレメント：石炭
魔力供給源《マナソース》：ダベンポート

ヴィングは足元の魔法陣を手に取り、それに目を通した。ダベンポート渾身の一筆だ。間違いはない。

それでもヴィングはしばらく躊躇うようだったが、やがて意を決したのか魔法陣の真ん中に立った。

両手を広げ、頭上に掲げる。

詠唱が始まった。

起動式。

そして固有式。

少しもつまずく事なく二十六段階の固有式を滑らかに詠唱していく。

第一段階。

第二段階。

途中に領域《リーム》の定義が違う部分が数カ所あったが、ヴィングはそれも難なく乗り越えた。

第三段階。

ヴーン……

詠唱が進むうちに魔法陣が唸り出し、上から光り輝くルーンが現れる。

ルーンは途中で停止すると、ヴィングの周りを右スピンで回転し始めた。

第四段階。

薄暗い監獄の中、ヴィングの青白い顔がルーンに下から照らされる。

第五段階。

詠唱終了。

突然、ルーンは収縮を始めた。

(しまった！　失敗か？)

だが、ヴィングの顔は穏やかだ。苦しんでいる様子はない。

キンッ

ルーンはさらに明るく輝くと、突然四方に弾け飛んだ。

「うッ」

明るい輝きに、ダベンポートが思わず顔を伏せる。

弾けたルーンの残渣は、ヴィングの身体の周りでキラキラと輝きながら徐々に明るさを失っていった。

うまくいったのかどうかは判らない。

こればかりは、結果を待つしかない。

半年以内に尻尾が生えれば失敗、そうでなければ成功だ。

「さあ、解呪しましょう」

ダベンポートは膝から崩れたヴィングを抱き止めると、ポケットから解呪の護符を取り出した。

八

ガラガラガラガラッ……

ダベンポートは森の奥に向けて一路馬車を走らせていた。

キャビンの中にはヴィングが力なく座っている。

ヴィングは麻袋に入れて騎士団の監獄から脱獄させた。

代わりに、ダベンポートは墓地から盗んだ死体を騎士団の監獄に残してきた。

それも、バラバラに切り刻んだ状態で。

「申し訳ないですね、ご婦人。だが、これも人助けだ」

バラバラになった肉塊にダベンポートが表情なく話しかける。

もう息をしていない死体はただの物体、ましてや他人だ。これを切り刻む事に関し、ダベンポートには何の躊躇いもなかった。

(これも魔法院で働く事の弊害だよな。職業病だ)

普通だったら人々が眉を顰めそうな事も平気でしてしまう自分自身を皮肉に笑う。

こぶし大の肉塊へと変わり果てたカラドボルグ姉妹の『作品』は、一目では誰の肉体かだったなぞ判らない状態だ。

ダベンポートはわざわざ魔法陣を描いたチョークを現場に残していた。それに、ウサギの毛皮で作った猫耳も二つ。

こうしておけば想像力豊かな騎士団の面々が勝手に状況を説明してくれるだろう。

曰く、ヴィング元バルムンク家メイド長は自らの将来を儚《はかな》んで魔法を使って自殺した、と。

チョークの入手先などなんとでもなる。騎士団が適当なストーリーを作ってくれるに違いない。

「あの、ダベンポート様……」

と、それまで流れる外の様子を眺めていたヴィングが御者台への窓を開けてダベンポートに話しかけた。

「何ですか、婦長さん」

馬を操作しながらダベンポートが答える。

「これから私はどうしたら……」

ヴィングが不安そうに訊ねる。

「そうですね」

ダベンポートはにこりと微笑んで見せた。

確かに不安だろう。今や死刑囚に加えて脱獄囚だ。

ヴィングの今後、それについてはすでに考えがあった。

バルムンク家には戻れない。ヴィングにはどこか他の場所で暮らして頂かないとこの先色々面倒だ。

「この先の森の中に少々粗末ながら小屋を一軒買いました。バルムンク邸からは歩いて十分ほどの距離です。婦長さん、そこで呪《まじな》い師でもやったらどうです？」

ダベンポートはヴィングに言った。

「呪《まじな》い師？」

と、ヴィングが不思議そうにする。

「そうです。婦長さん、あなた魔法の造詣はかなりおありでしょう。護符を作ることなんて造作《ぞうさ》もないはずだ。それを森の中で売るのです。そうすれば、いずれバルムンク家のメイドが噂を聞きつけて護符を買いにくるかも知れません」

「それを、私に？　なぜでございますか、ダベンポート様」

「さあ？　単なる気まぐれです。お気になさらず」

ダベンポートは空惚《そらとぼ》けた。

「ありがとうございます、ダベンポート様」

深いため息。

やがて、ヴィングは静かに泣き出した。

「……ああ、またあの子たちに会えるなんて夢のよう」

「しかし、変装はして頂かないと困りますよ。そうしないと今度はバルムンク家にメイド長の幽霊が出たなんて変な噂が立ってしまう。婦長さんには死んで頂かないと困ります……容姿を変えられるように特別な護符を作りました。髪飾り型の小さな魔法陣です。エレメントはガーネットにしました。これなら、素人目には魔法陣だとはわかりますまい」

ガーネット。実りの象徴、努力の成果、一族の結束。

「ガーネット……」

「護符には髪の毛の色を栗色に変える効果を付与しています。これを身につけていれば、変装は簡単でしょう。あるいはご自分で魔法陣を変えて頂いても構いませんよ」

実のところ、この先ヴィングがどうなるかはダベンポートにも判らなかった。

追っ手がかかるかも知れない。
ダベンポートの呪文が効かなくてやっぱり猫化が進んでしまうかも知れない。
あるいは呪《まじな》い師では食べていけずに貧困に身を落とすかも知れない。
こればかりはその時にならないと判らない。
「さあ、先を急ぎましょう」
ダベンポートは手綱を一振りして鞭をいれると、馬に先を急がせた。

第三話　リリィの休日

一

その日、リリィはダベンポートからお休みを頂いた。

明日の日曜日は休んでいい。一つ、セントラルでお芝居でも観ておいで。お買い物もしておいで。

そう言ってダベンポートはお小遣いまで与えてくれた。

(ありがとうございます、旦那様)

ああ、わたしはなんて恵まれているんだろう。

あんなに優しい旦那様は他にはいない。

他のメイド仲間に自慢したいくらいだったが、生来内気で無口なリリィにはそれほど仲の良いメイド仲間がいなかった。

友達がいないことには慣れていた。内気な性格のせいなのか、あるいは早くに両親が亡くなったせいなのか、子供の頃からリリィに親しい友達はいない。

(いいの、今わたしは幸せだから)

お友達なんて、いなくてもいい。


日曜日の朝、リリィはいつものメイド服とは違う私服に着替えると、屋根裏部屋の階段をトタトタと降りた。帽子は持っていないので、代わりに髪にリボン、手袋や日傘は持っていないのでナシにした。ただ、それだけだとダベンポートに恥をかかせてしまいそうだったので、上着やベストには昨夜のうちに念入りにブラシをかけておいた。ブーツも磨き、準備万端。

リリィは備え付けのフック付きの棒で二階の天井に階段をしまうと、一階に降りた。

ダイニングにはもうダベンポートが座っていた。特に何も食べてはいないらしい。ぼんやりと窓の外を眺めている。

「旦那様？」

「ん？　ああ、おはようリリィ」

「旦那様、ご飯は如何致しましょう？　なんだったら今作っておきますが」

と、リリィがやや心配そうにダベンポートに訊ねる。

旦那様は放っておいたらきっと何も食べないから。きっと書斎にこもって研究に没頭してしまうに違いない。

「ああリリィ、それはいいよ。僕のことは心配しなくていい。もう少ししたらティーハウスかパブにでも行くよ」

「そうですか？　でも……」

リリィはまだ心配そうだ。

空きっ腹にエールなんて飲んだら酔っ払ってしまいそう。

「それよりもリリィ、君も何か美味しいものをセントラルで食べるといい。今日は日曜日だ、ブランチをやっているんじゃないかな？　一人だと味気ないかも知れないが……」

「いえ、とんでもない」

リリィはブンブンと片手を振った。

「それでは旦那様、行ってまいります。夕方には戻ります」

「ああ、楽しんでおいで」

ダベンポートがニコニコする。

リリィは少し後ろ髪を引かれるような気持ちを感じつつ、それでも同時に興奮しながらセントラルを目指して出発した。

二

リリィが住んでいる魔法院の敷地はセントラルから汽車で二十分ほど離れた郊外にあった。

セントラルは大都会だ。人は多いし、空は狭い。

おうちももっぱらアパートメントばかり、お城の中以外に一戸建てのおうちはない。

その代わり、お店はたくさんあるし何より刺激的だ。

リリィは正直、そういう忙《せわ》しないセントラルの雰囲気はあまり好きではなかった。どちらかというと、魔法院があるような田舎の方がいい。人によってはセントラルの方が良いというし、その気持ちも判らないではなかったが、便利さのために静かな生活を犠牲にするのは何かが違う気がする。

それよりは日々のんびりと暮らしている方がいい。

とは言え……

たまにはセントラルも悪くない、気がする。とりあえず綺麗なお洋服が見られるのはとっても素敵だ。いつもは見ているだけの美味しい食べ物も食べてみたい。そして出来れば作り方を教わって作ってみたい。

汽車の駅までの田舎道をトコトコ歩く。

魔法院から最寄りの駅までは歩いて十分程度、静かな環境を大切にしている魔法院も流石に交通の便は考慮しているようだ。

周りには畑と牧場しかないけれど。

途中、何人かの騎士団の人たちに追い抜かれた。

（きっと、あの人たちもセントラルに行くのね）

とリリィは考える。

騎士団に休日はない。あるのは定期的に巡ってくる非番の日だけだ。

その貴重な非番の日が日曜日に当たった人たちはきっとセントラルに行くのだろう。セントラルは日曜日の方が賑やかだから。


駅に着いたリリィは、ダベンポートが書いてくれた魔法院の封蝋付き特免状をいつものようにハンドバッグから取り出した。

「あの、これを……」

と駅員に手渡す。

もう顔なじみになっているにも拘わらず、駅員は冷たかった。

きっとなぜメイド風情が一等客室でセントラルに行くのだろうと思っているに違いない。

リリィが毎回一等客室を買うのには理由があった。

ダベンポートが絶対にそうしろと口を酸っぱくして言うからだ。

『リリィ、一等よりも下の客室は治安があまりよろしくない。お金は出すから、必ず一等に乗るように』

駅員は黙ってリリィにセントラルまでの一等客室の往復切符を手渡した。同時にすっと左手を差し出す。

リリィは決して安くはない汽車代を駅員に手渡すと、ようやくほっと安堵の息を吐いた。

毎回これだ。どうしてもこれには慣れることができない。

駅の周りはよく知っていた。

食料品店《グローサリー》、肉屋《ブッチャー》、魚屋《フィッシュショップ》、雑貨屋《ゼネラルストア》。魔法院のそばなので薬屋《ドラッグストア》もある。どのお店もリリィが日々のお買い物に来る店だ。

後ろ手にハンドバッグを持ち、汽車が来るまでの間あたりをそぞろ歩く。途中、雑貨屋《ゼネラルストア》に立ち寄り、リリィは女性雑誌を一冊買った。

「あらリリィ、お出かけ？」

雑貨屋《ゼネラルストア》の女主人がお金を受け取りながらリリィに訊ねる。

「はい、旦那様がセントラルで遊んでおいでとおっしゃって下さいました」

自然に頬が紅潮する。

「それはよかったわね。これからは女性も社会に進出する時代よ。大いに見聞を広めてらっしゃいな」

女主人は交友が広く、お店の雑誌も多く読んでいるため博学だ。

「お芝居を観てこようと思います」

「百貨店《デパート》にも行ってらっしゃい。最新のファッションが並んでいるって聞いたわ」

「はい。お洋服を買っておいでって旦那様からお小遣いも頂きました」

「やーね、あなたちょっと甘やかされすぎじゃない？」

女主人がリリィを冷やかす。

その言葉にリリィは耳まで赤くなるのを感じた。

「い、いえ、きっと甘やかされすぎってことはないと思います……」

小声で抵抗。


…………


汽車の旅は退屈だった。

しかもうるさいし、なんだか煙くさい。

外の景色はもうずいぶん前に見飽きてしまった。女性雑誌を買ったのもそのためだ。

リリィは膝の上に雑誌を広げると、とりあえずお料理の記事を読み始めた。

どうやら今号はキッシュの特集らしい。色々な種類のキッシュが紹介されている。

（今度作ってみよう）

興味深く記事を眺める。ほうれん草のキッシュ、チーズのキッシュ。豆とナッツのキッシュなんて不思議なものもあった。

（旦那様はチーズをよくお食べになるから、チーズのキッシュなんていいかも知れない。これにベーコンを加えて……）

お料理のセクションはすぐに終わってしまった。続けて延々と続く広告のページ。

お料理のページの後に広告のページが続くのはなんかあざとい気がする。

お料理が好きな女性は広告を見るのもお好きでしょう？　通販はいかがですか？　あるいは観劇。ミュージック・ホールも楽しいですよ。

延々と続いた広告のページの次は今セントラルで掛かっている演劇のレビュー記事だった。

（あ、これ、観に行こうと思っていた劇……）

行こうと思っていた戯曲のレビュー記事を見つけ、熱心に読み進める。

だが、リリィはチケットの値段を見て思わずギョッとした。

想像していたよりも十倍以上高い。これではダベンポートからもらったお小遣いを全部吐き出しても間に合わない。

（きっと、旦那様もご存知ないんだわ。でも、こんなに高いだなんて知らなかった）

慌てて広告のページに引き返し、他の劇の広告を探し始める。

流石に道化芝居を観ようとは思わない。あれはあまりに下品すぎる。

かと言って、手頃な劇はなかなか見つからなかった。

（あ、これなんてどうだろう？）

リリィが目をつけたのは、先の高すぎる戯曲の隣でやっている小さな劇団だった。

本人たちは歌劇《レビュー》だと言っているが、それはどうだか判らない。見る限り、サーカスのようなテントで公演しているようだ。少し寒そうだったが、これなら値段も手頃だ。

（とりあえず見てみよう）

リリィは場所を覚えると女性雑誌をパタンと閉じた。

ボォー……

汽車が汽笛を鳴らす。

窓の外には大きな建物が多くなってきている。

セントラルはもうすぐだ。

三

混み合うセントラルの駅を出て、広場に向かう。

人混みは苦手だ。少しでも人が少ない方がいい。

駅前の広場では大道芸人達が芸を競い、街頭商人が色々な小間物を売っていた。

帽子、手袋、様々な衣料品。移動式のコーヒーショップもある。

その周りに立ち並ぶのは大小色とりどりのテント小屋。

そしてその中心にそびえ立つのが王立芸術劇場だ。

王立芸術劇場には例の戯曲が掛っていた。結構な人混みだ。やっぱり人気があるらしい。

(ふわー、高いのにみんな行くのね)

思わず馬鹿みたいに上を見上げてしまう。

芸術劇場の周りにいるのは相変わらず上流の人が多いようだった。

どの夫人も一様に日傘を差し、手袋をしている。服装はリリィと同じような地味な合理服が多かったが、どの服もずっと生地や仕立てが良い。

(ブラシをかけてきてよかった)

思わず見比べ、安堵の息を漏らす。

とりあえずチケットを買わなくちゃ。

芸術劇場の前を迂回し、隣のテントへ。

二本の柱で支えられた、『ブラウン・カンパニー』と小さな看板を出しているテントはまるでサーカス小屋のようだった。サイズもそんなには大きくない。百人は入らないだろう。グレーのテントはどこか地味で、隣の煌《きら》びやかな芸術劇場と比べると明らかに見劣りする。

（よくこんないい場所、こんな人たちに取れたなあ）

リリィは妙なところに感心する。

「昼の部、一枚ください」

リリィはチケット売りの窓口にお札を差し出した。

「今日は日曜日のため夜の部はないのでお気をつけ下さい。舞台は午後二時からです。遅れないように。席は自由です。開場は午後一時三十分です」

窓口の若い男性がスケジュールを告げながらリリィにチケットを渡す。

「ありがとうございます」

リリィはお礼を言うと、チケットを大切にハンドバッグにしまった。

さて、チケットは買ってしまったし、それまでどうしよう？

リリィは街の中心の時計台を見てみた。今の時間は十時三十分。まだ開場までしばらく間がある。

（ちょっと百貨店《デパート》を見て、それからお昼を食べて劇にしよう……）

とりあえず王国最大だという触れ込みの百貨店《デパート》に向かう。

地上四階地下一階、煉瓦造りのこの建物には王国のほとんど全てのものが集められていた。

宝飾、服飾は言うに及ばず、子供服や玩具、食品まで売っている。

多くは上流の人のためのお店なのでリリィには手が出なかったが、中には手頃な値段の商品もあった。

特に季節外れのものは高くない。

リリィはとりあえず一気に四階まで行ってしまうと、下りながら欲しいものを物色することにした。

四階のおもちゃ売り場や家具売り場にはあまり用がない。だが、おもちゃ売り場の片隅で売られていたドールハウスには心を引かれた。本物の家具職人が作ったミニチュアの家具はどれも精巧で、とても美しい。

（これでおうちを作ったらちょっと楽しいかも知れない……）

だが、値段を見てまたびっくりしてしまう。

一個のソファがリリィのブラウスよりも高い。

（駄目だ、買えない……）

ドールハウスは見るだけにすると、リリィは三階に降りる階段に向かった。

三階はキッチンツールと文房具のフロアだ。

キッチンツールの売り場にはピカピカに磨かれた銅のお鍋が並び、見たことがない機械も展示されている。

リリィはその中でも最新型のレンジをまじまじと眺めていた。

魔法院の住宅に付いているレンジは石炭を燃料としているため、使うといつも煙いし、使うのもとても難しい。だが、ここに展示されているレンジは瓦斯《ガス》式だ。ガスの火は身体に悪いと聞いているが、瓦斯《ガス》で火加減を自由にできるのは非常に魅力的だ。それにお手入れも簡単そう。

（素敵。でもきっと魔法院は買ってくれないんだろうなあ）

魔法院の住宅には瓦斯《ガス》が通っている。ダベンポートの家も照明は瓦斯洋燈《ガスランプ》だ。屋根裏部屋は違うけど。瓦斯《ガス》が通っているのであれば、このレンジも設置できそうだ。

いつかは誰でもこんな素敵なレンジを使えるようになるんだろうか。

リリィは夢見るようにいつまでもピカピカ光る瓦斯《ガス》レンジを眺めていた。

二階から地下一階までは服飾のフロアだ。途中、一階には食べ物の売り場もある。

二階は見るだけ無駄だった。宝飾店、それに有名なデザイナーの手によるオートクチュールは上流階級のためのものだ。リリィにはうかがい知ることすら出来ない世界。このフロアに展示されている服はほとんどなかった。注文服なので展示する事はそもそも想定されていないのだろう。ここにあるのは鏡と着替えのための個室、生地《きじ》の売り場、それに物腰は柔らかいがどこか冷たい店員だけだ。

（ふう）

階段を降《くだ》った瞬間緊張がほぐれ、思わずため息が漏れる。

リリィは途中一階のお茶売り場でお土産のお茶を買うと――フレーバーティーを少しだけ――、再びお洋服の探索に戻った。

一階と地下一階はそう言う意味ではだいぶん親しみの持てる売り場だった。工場で縫製された合理服やブラウス、ブーツなどが売られている。

リリィは慎重に吟味した結果、襟《えり》の形が洒落《しゃれ》ている白いブラウスを買って帰ることにした。百貨店《デパート》は価格交渉がいらないのがありがたい。内気なリリィは価格交渉が苦手だった。向こうの勢いに押し負けて、ついついすぐに頷いてしまう。

その点百貨店《デパート》は最初から値札が付いているので、安心して買い物をすることができた。

選んだブラウスを紙に包み、箱に入れてもらう。最後に手提げの袋に入れてもらったブラウスをリリィは大切に受け取った。

（お買い物も出来たし、お昼を食べに行こう……）

リリィはブラウスとハンドバッグを大切に胸に抱えると、ブランチを探しに街中へと繰り出していった。


……………


セントラルにはカフェが多い。それにどのカフェもとてもお洒落だ。

これは一つには隣国から王国に渡ってくる料理人たちの影響もあるのだろう。食文化が隆盛を極める隣国では王国では食べることも見ることも出来ない料理がたくさんあると聞く。

王国の主食は主に肉だ。魚を食べることもあるが、どれもグリルか、せいぜいローストしたくらいであまり手は込んでいない。

そのためセントラルでは隣国のお料理が大人気だった。どの店も隣国出身のシェフが経営しているため、店の造作も隣国風。路上にテーブルを出したオープンカフェも沢山ある。

「♪〜」

後ろ手にブラウスとハンドバッグを持ったリリィは、ご機嫌で鼻歌を歌いながらお店を覗いて歩いていた。

どの店も、店先にメニューを出している。その一つ一つを眺めながら楽しく歩く。

（何にしようかな？）

パスタ？　素敵。

サンドウィッチ？　お昼ご飯の参考に出来そう。

カレー？　植民地風ってどんななんだろう？

シノワ？　東洋風のお箸って使えるかしら？

いつもお昼は自分で作ったサンドウィッチなので目移りする。

だが、その中でも一際リリィの目を引いたのはキッシュだった。

（……キッシュだ。ここにしよう）

曇天が多い王国に於いて、今日は珍しい晴天だった。風は南風、これなら外で食べても寒くない。

リリィはオープンカフェの角のお店に決めると、空いているテラス席の一つに腰を降ろした。

四

リリィがテラス席に腰を降ろし、テーブルに置かれていたメニューを眺めていると、程なく黒く丈が長いエプロンをつけたギャルソンがやってきた。腰に小銭を入れる小さなバッグをつけている。糊《のり》の効いた白いシャツにはシミひとつない。

「こんにちは、美しいお嬢さん」

隣国のアクセント。隣国の男の人は皆、臆面もなくそんなことを言う。

「お決まりですか？」

「はい」

とリリィは頷いた。

「ランチにこの、キノコとほうれん草のキッシュを。飲み物はミルクティーをお願いします」

ギャルソンが満足げに頷く。と、ギャルソンは注文が終わってほっとしているリリィに訊ねた。

「……お嬢さん、ワインはお飲みにならないのですか？」

(え？)

「ワ、ワインはいいです……」

リリィは首を振った。

ギャルソンはどこか不服そうだ。

「わかりました」

だがそれ以上何かを訊くようなことはせず、深々とお辞儀をして去っていく。

(そっか、ブランチだから……)

だが、一人でワインを飲む勇気はない。

(やっぱりワインはやめておこう……)

「♪～」

キッシュが届くのを待つ間、鼻歌を歌いながらのんびりと通りを眺める。

セントラルの街は駅の広場を中心として放射線状に広がっていた。セントラルは汽車の始発駅なので線路は街を横切らない。今リリィがいるのは南大通り、北に登ればこの通りは北大通りと名前が変わる。

駅前広場の北側には川が流れ、レストランやカフェは主に南大通りを中心として軒を連ねていた。駅から少し離れたところには金融街や仕立て屋の集まったブロック、パブが集まっている場所もある。街の中には博物館や美術館が点在し、いくら見ても見飽きる事はない。

リリィの前を大小様々な馬車が通っていく。街の喧騒が賑やかだ。

(なんか目が回りそう)

つい、きょろきょろ見回してしまう。

これではお上りさんのようだ。

と、その時。

駅の広場の方から、三人ほどの男性が何事か大声で叫びながらこちらに向かって走ってくるのが見えた。

(なんだろう？　何かあったのかな？)

どんどんこちらに走ってくる。

近づいてくるにつれ、三人が何を叫んでいるのか聞こえてきた。

「……嬢さん、お嬢さん～」

「やっと見つけましたよ～」

「ちょっと話を聞いてください、お嬢さ～ん」

え、わたし？

あれよあれよという間に三人に取り囲まれた。

「お嬢さん、あなた、午前中にうちのチケットを買ってくれた人ですね？」

「あ、はい」

何が何やら判らないがとりあえず頷く。

三人ともとても細い。だが、しなやかな感じだ。鍛えられたバネを感じさせる、猫のような動き。

「ああ、良かった。見つかるとは思っていなかったから……」

「ちょっと一緒に来て、僕たちの話を聞いてもらえませんか？」

「うちの舞台監督がどうしてもお嬢さんとお話ししたいって言っているんです」

「え？」

ちょっと何を言われているのか判らない。

「実はうちの主役が失踪《しっそう》しちゃって……」

「代役立てないといけないんですけど、そうしたら舞台監督がお嬢さんがいいと……」

「え？　ちょっと待って」

なんでわたし？

「控えが劇団にいれば良かったんですけど、ほらうち小さいから……」

「でもわたし、今ここでキッシュ食べようと思って待っているところなんです」

一応抵抗した。

「大丈夫、僕らが全力でアシストします。それに歌もお嬢さんがご存知の歌ばかりのはず」

「え？　いえ、いいです」

さらに抵抗。

旦那様にも変な人には気をつけるようにと常々言われている。

この人達は変な人達だ。

と、ギャルソンが片手にキッシュ、片手にミルクティーを持ち、肩でドアを開けながらリリィの方へとやってきた。

「あ、来たキッシュ……」

「それは僕たちが代わりにお金をお支払いします。ギャルソン！」

「え、ダメ、それはわたしのキッシュ……」

だが、止める間もなく三人のうちの一人がさっさとギャルソンに代金を支払ってしまった。どうやらチップもはずんでいるようだ。ギャルソンの笑顔が明るい。シンデレラがどうしたとか、どうでも良い事を話している。

「さあ、行きましょう」

お金を払い終わり、三人はリリィを促した。

「ダメです、知らない人にはついて行っちゃいけないって……」

「大丈夫です、危害は加えません、保証します。こう見えても僕たちこの辺では有名なんですよ！」

「でも、キッシュが……」

涙目になっているうちに両側から挟まれた。

三人にリリィの悲鳴は届かない。

「ダメ〜」

リリィは三人に連れられ、引きずられるようにして駅前広場へと運ばれて行った。


運ばれて行った先は、朝にリリィがチケットを買った舞台のテントだった。

（本当に役者さんだったんだ……）

呆然としながら周囲を見回す。

まだ客は入っていない。だが、周囲は忙しそうだ。大勢の人達が荷物を持ったり、あるいはベンチを運んだりと忙しく働いている。

（旦那様に叱られてしまう……）

まず気になったのはそれだった。

こんな知らない人に拉致《らち》されたなんてバレたら、ダベンポートに叱られてしまう。

だいたい、お巡りさんもギャルソンもひどい。

どっちも笑ってこちらを見ていた。見ている暇があったら助けて欲しかったのに。

与えられた椅子の上でリリィは小さくなった。

かろうじてハンドバッグもブラウスも持ってきたが、キッシュは食べ損ねた。

何が何だか判らない。

「やあお嬢さん、来てくれてありがとう」

とその時、リリィは背後から声をかけられた。

「！」

張りのある声、自信たっぷりの態度。

リリィが振り向いた先にいたのは、小熊のような体型をした赤毛の老人だった。

老人がニッコリと笑い、右手を差し出す。

「初めまして、舞台監督のブラウンです」

五

ブラウン老人の話では、主役の少女は今朝のリハーサル中に突然掻き消すように消えてしまったのだと言う。突然中身の消えたドレスが舞台に落ち、そして少女の姿は見えなくなった。その時テントは閉まっており、出口はない。テントの中に隠れる場所はないし、そもそも目が離れたのは一瞬だ。

「たぶん魔法を使ったんだと思うんだがね、わしらも困っておるのじゃ」

とブラウン老人はリリィに言った。

「でも、それで見も知らないわたしを代役にするなんて無茶苦茶です」

リリィは反駁《はんばく》した。

「おや？　わしらの事を知らないかね？」

老人は驚いた様に言った。

「知らないです」

「そうか、そこそこ名は売れてるはずなんだがなあ……」

困った様に言う。

「ブラウンにスカウトされたと聞いたら、普通の女の子なら皆喜ぶと思っとった」

「有名でも無名でもなんでもいいです。帰らせて下さい」

リリィはブラウン老人に訴えた。

「そうは言うても、主役がおらんではのう」

ブラウン監督が惚《とぼ》けて言う。

「その、いなくなっちゃった女の子を探せばいいじゃないですか。わたしには無理です」

「もう探したよ。探して探して見つからないから困ってお嬢さんをスカウトすることにしたんじゃ」

「でも……」

リリィはまだ納得できないでいた。

お芝居なんて出たくない。見るのはいいけど、出るのは嫌。

「お嬢さんや」

ブラウン老人は諭す様に優しく言った。

「これはチャンスだよ。ブラウンって言ったら芸能界への登竜門じゃ。隣の芸術劇場にも顔が効く。仲良くしておいて損はないと思うんだがねえ」

十五分以上押し問答して、結局リリィは負けた。

「……立っているだけですよ」

半分涙目になって訴える。

このままでは永遠に拉致されてしまう。

リリィがようやく折れたのを見て、ブラウン老人は両手を叩いて喜んだ。

「いいよいいよ、それでいい。脚本は急いで書き換えよう。お嬢さんはただ立っているだけでいい。それなら、いいかね」

「……はい」


それからは目が回る様に忙しかった。採寸、衣装合わせ、メイク、台本の打ち合わせ。準備が終わったのは開演五分前だ。

「……なんでそのいなくなっちゃった女の子を探さないんですか？」

メイクしてもらいながら、リリィはその日十回目以上になる苦情申し立てをした。

「探してるわよ、今も。捜索隊が街に出てる。でも、まだ見つからないみたい」

リリィの顔に薄く粉をはたきながらメイク係の女性が答える。

「でもわたしじゃなくたって」

「……ブラウン監督って、新大陸の人なのよ」

メイク係の女性は、リリィにアイラインを施しながら説明してくれた。

「だからね、進歩的なの。いつも新しい才能を探してる。きっとブラウン監督はあなたに何かを感じたのね。あなたラッキーよ、チケット買っててスカウトされたんでしょ？」

「ラッキーじゃありません……」

「ラッキーよう。お芝居は新大陸の方が進んでいるそうよ。それにブラウン監督は新大陸では有名な方だったの。ここで頑張ればあなた、有名になれるかもよ」

「ならなくていいです……」


お芝居が始まった。

幕が上がり、客席が見える。見えた瞬間、思ったよりも観客が多くてリリィは卒倒しそうになった。

でも、ここで倒れたら演目が変わってしまう。リリィは頑張って立ち続けた。

今日の演目は職業婦人と騎士の恋愛という今日的なものだった。ダンスと歌が交互に挟まり、最後に全員で踊って大団円という筋書きだ。

基本的にリリィは何もしなくていい。最後の踊りもリリィは円舞《ロンド》の中心に立っているだけでいいらしい。

と、すれ違いざまに役者の一人がリリィに耳打ちした。

〈次に僕が通ったら三歩右に歩いて〉

（え？）

役者は舞台の上で大きくジャンプすると、すぐにリリィの方に戻ってきた。

言われた通りに右に三歩。

〈今度は前に二歩、俺と一緒に〉

今度は別の役者が隣で囁く。

前に二歩歩くと、手前の小さなオーケストラピットが良く見える。

みんなハラハラしてリリィを見ている様だ。楽器を演奏しながら、目はリリィを見つめている。

〈袖に下がって、右側、みんなと一緒に〉

再び囁き声。他の三人と一緒に、リリィは舞台の袖に逃げ込んだ。


袖に戻ると、ブラウン監督が笑顔で待っていた。

「お嬢さん、上手上手。とってもよかったよ」

パチパチと両手を叩く。

「これからしばらくお嬢さんの出番はない。安心して、特等席で見ている気持ちで観ておいで」

「はい」

言われた通りに、リリィは袖から舞台を楽しむ事にした。

楽しむと言えば語弊《ごへい》があるが、ともかく舞台を観るだけの気持ちのゆとりはできた。

確かにこれは特等席だ。観客の誰よりも舞台に近い。ジャンプを踏み切る時の音、シューズが鳴る音、そして役者の息遣い。どれも観客席からは見えないものだ。

(すごい……あんなに飛ぶんだ)

(着地しても音がしない)

（息がぴったり合ってる。なんでみんな同じ速度で回転できるんだろう）

気がつくと、リリィは息を飲んで舞台を見つめていた。

今舞台ではソロのダンスが終わり、女優が二人で踊っているところだ。

（綺麗……）

うっとりと舞台を見つめる。

ブラウン監督の舞台にセリフは全くなかった。全ては踊りと歌で表現する。リリィにはそれが新鮮で、全く新しい演劇の様に映る。

（バレエみたい）

と、不意にリリィは妙な違和感に気がついた。

（あれ？　舞台には二人しかいないのに、三人いる様な……）

確かに、三人の息遣いを感じる。

それなのに舞台には二人しかいない。

（なんでなんだろう？）

リリィは舞台に目を凝らすと、三人目の気配の主を探し始めた。

六

結局、リリィの出番が来るまで違和感の原因は判らなかった。

次はリリィのソロの舞台だ。

心臓が口から飛び出しちゃいそう。

自分でも胸がドキドキしているのが判る。

気絶しちゃったらどうしよう、間違えちゃったらどうしよう。

〈お嬢さんや〉

ほとんど蒼白になっているリリィの耳元でブラウン老人が囁いた。

〈お嬢さんは立っているだけでいいんじゃ。歌はオーケストラピットのソプラノ歌手が歌う。お嬢さんは口をパクパクするだけでいい〉

ブラウン老人が「パクパク」と言いながら片手をアヒルのクチバシのように開けたり閉じたりする。

「わ、わかりました」

幕が上がる。

リリィは覚悟を決めると舞台の中心に向かって歩き出した。

舞台に上がった時から、リリィは背後に視線を感じていた。

誰かが背後からわたしを見てる。

でも、誰が？

指揮者の指揮棒が振り下ろされ、オーケストラピットのクィンテットの演奏が始まった。

観念し、両手をお腹の前で組む。歌わないまでも、歌っているフリをしないと。

演奏が始まった曲はリリィもよく知っている曲だった。たまにお皿を洗っている時に口ずさむ曲。

（あ、この歌知ってる……）

リリィは身体が勝手にリズムを取り始めるのを感じていた。

ファゴット、クラリネット、オーボエにフルート。ホルンがその下で低音を刻む。

一旦フルートの演奏が止まると同時に、ソプラノ歌手が歌い始めた。

それに合わせてリリィも歌うかの様に口を動かし始める。

もう、観客席は気にならなかった。歌を歌うのは楽しい。

（ソプラノの人、とっても綺麗な声）

まるで自分が歌っている様な気分になる。とっても楽しい。歌っているとリラックスする。

「♪～」

気がつくと、リリィは小声で歌っていた。

ハッと気づき、慌てて口だけを動かす。

（だめ、歌っちゃ。邪魔になっちゃう）

だがすぐに、また声が出始める。

気がつかないうちに、リリィは本当に歌っていた。

歌うと楽しい。気持ちが晴れる。

ソプラノ歌手との不思議なデュエット。ソプラノ歌手がリードし、リリィが自分の声でハーモニーを作る。

すぐに、歌声は二人のデュエットから三人のトリオになった。

女性のトリオ。三人の声が調和し、新たな旋律を生む。それに刺激され、クィンテットの演奏が熱を帯びる。

（誰かが後ろで歌ってる……）

自分も歌いながら、リリィは背後に熱を感じた。

とても楽しそうな歌い声。馴染みの歌をうたう声。

一緒に歌いながらリリィは、ふとその声の正体に気づく。

(そうかあなたが……)

思わずリリィが微笑みを漏らす。


不意に、演奏が終わった。

静かな観客席。誰も一言も口を聞かない。

誰も手を叩いてくれない。

(……失敗しちゃった)

リリィは思わず俯いた。

失敗しちゃった。

わたしが歌っちゃったばっかりに。

プロの人の邪魔をしちゃった。

と、暗い観客席で誰かが立ち上がった。

「ブラボーッ!」

すぐに他のところからも叫び声が上がる。

「ブラーボーッ!」

やがて、観客席は割れんばかりの拍手に覆われた。

「ブラボーッ!」

「ブラボーッ！」

みんな笑っている。とっても喜んで拍手している。

その時初めて、リリィは役者の喜びを垣間見た様な気がした。


それから先のことは覚えていない。

気がついたらカーテンコールになっていた。

出演者全員、一列に手を繋いで何度も何度もお辞儀した。

その度に観客席からは「ブラボーッ！」の声が上がり、最後にはおひねりまで飛び交う始末。

最後のお客さんが帰るまで、リリィは舞台の袖から観客席を見ていた。

今は掃除係の人が箒とチリトリで観客席を掃除している。

「…………」

と、リリィは背後にブラウン老人が立っていることに気づいた。

ニコニコ嬉しそうに笑っている。

「お嬢さん、やっぱりわたしの目は正しかった。お嬢さんにはスターになる素質がある。どうかね、明日も」

ブラウン老人の目は真剣だった。真剣にリリィを誘っている。

「いえ」

だが、リリィは首を横に振った。

「わたしは今日一日で十分です。とっても楽しかった。ありがとうございます」

ペコリと頭を下げる。

「そうかい？　お嬢さんならすぐにスターになれると思うんだがなあ。お嬢さんの歌声は素晴らしかった。あれこそ天使の歌声じゃ」

感に堪えないという風にブラウン老人が首を振る。

「違うんです」

リリィはブラウン老人に言った。

「わたしだけではあんな風には歌えません。あの歌声はやっぱり、あの子がいたからだと思います」

そう言いながら舞台の背後を向く。

「出ていらっしゃい、本物の主役さん。最初からそこにいたんでしょう？」


「…………」

おずおずと舞台の裏から出てきたのは、十代後半の少女だった。

パンツもグレー、上着もグレー。全身濃いグレーの服を着ている。その少女は麦わら色の髪を束ね、上着の中にたくし込んでいた。

「なんと！　レーヴァじゃないか！」

ブラウン老人が腰を抜かさんばかりに驚く。

「わしらはずっとレーヴァを探しておったんじゃ。一体、どこにいた？」

「……ずっとそこにいた」

「そこにいた？　隠れ蓑《クローキング》の魔法か何かかい？」

「……んーん、かくれんぼ」

七

「かくれんぼ?」

訳がわからないという風にブラウン老人がレーヴァに訊き返す。

「どういうことじゃ?」

「………」

訊かれてもレーヴァは俯いて黙ったままだ。

「ブラウン監督」

答えようとしないレーヴァの代わりに、リリィがブラウン老人に説明した。

「かくれんぼってどこが一番安全だと思いますか?」

「ん?」

ブラウン老人が一瞬考える。

「そりゃ鬼から遠い方が安全じゃろう?」

「違うんです」

とリリィは言った。

「一番安全なのは鬼のすぐそば、鬼の真後ろなんです。そこだったら絶対に鬼からは見えません」

「ははあ、なるほど?」

舞台の興奮がまだ抜けていないせいもあるのだろう。いつもよりもリリィは饒舌《じょうぜつ》だった。

「レーヴァさんは本当にみんなとかくれんぼしてたんです。何故なのかはわかりませんが」

と、リリィはレーヴァの顔を覗き込んだ。

「なんで急に逃げちゃったの?」

「……怖くなった」

レーヴァは答えて言った。

「急に舞台が怖くなった。だから、逃げた」

「逃げたって、どうやって……」

ブラウン老人はまだ得心がつかない様子だ。

「トリックはこうなんです」

かいつまんでリリィはブラウン老人に説明した。

「レーヴァさんはきっと、リハーサルの間は衣装を緩めて着てたんです、お腹が苦しいとかなんとか言って。そして、タイミングを見て肩から衣装を落とした」

「なんと!」

「……ん、そう」

レーヴァが頷く。

「レーヴァさんがいなくなったと思ってみんなが騒ぎ出した時、だからレーヴァさんはまだそこにいたんです。この、グレーの服を着て」

「……ん」

再び、レーヴァがこっくりする。

「これ、グレーの下着。テントは寒いから下に着てた」

「そんなバカなことがあるもんかい？」

驚いた様子でブラウン老人がレーヴァに訊ねる。

「誰がわたしを見ているかはすぐに判る。だから、見られている時には動かなかった。みんな遠くばっかり探してたから、隠れるのは簡単」

「確かに、グレーの服を着ていたら暗がりでは見えないかも知れんが……」

「すぐにカーテンの裏に隠れて、それからずっとそこに座ってた。でも誰も探しに来なかったから、出て行かなかった」

「そうか、街には捜索を出したが、テントの中とは盲点じゃったわい」

「でも、歌は歌っちゃったのよね」

とリリィはレーヴァに訊ねた。

「ん。楽しそうだったから。一緒に歌ったら楽しかった」

「いやはや、感服した。魔法だとばっかり思って遠くばっかり探していた。魔法院に連絡していたらとんだ迷惑をかけるところじゃったわい」

ブラウン老人はやれやれと首を振った。

「ありがとうお嬢さん、おかげで我が劇団はスターが二人になったよ。……お嬢さんとレーヴァでね」

言いながら両手でリリィの手を握る。

ブラウン老人はしばらくリリィの手を握っていたが、やがて一歩下がるとリリィに訊ねた。

「お嬢さん、そういえばまだお名前を伺っていなかったね。お嬢さん、お名前は？」

そうか、今までずっと『お嬢さん』だけだったんだ。

今さらながらリリィは気づく。

「リリィ、です」

リリィはブラウン老人に名乗って言った。

「魔法院のメイドです」


帰り道、リリィは劇団の役者から小さな箱をもらった。

「あの、これは？」

何が入っているんだろう？

「キッシュだよ。ほら、君お昼に食べ損なっただろう？」

背の高い役者は笑顔を見せるとリリィに言った。

「二つ買っておいた。お友達と一緒に食べるといいよ」

さらにブラウン老人からは『いつでも無料』とサインの入った特別なチケットまでもらってしまった。

「ありがとうございます」

ペコリと頭を下げてお礼する。

「またおいで。お嬢さんならいつでも出演大歓迎じゃ」

ブラウン老人がニコニコと笑う。

役者たちとブラウン老人に見送られながら、リリィは汽車の駅へと歩き始めた。何度も振り返り、見送る人たちに右手を振る。

ブラウス、キッシュ、それに無料チケット。
ちょっと怖かったけど楽しかった。
リリィは復路の切符にハサミを入れてもらいながら思い出し笑いする。
舞台に出たって言ったら旦那様はどんな顔をなさるだろう。

第四話　ホムンクルス事件

一

ダーイン家のアパートメントはセントラルの中心街にあった。一ブロックとまでは言わないが、半ブロック以上は十分に占めている。

狭いセントラル市内のアパートメントとしては大邸宅に入る、大きな家だ。

「でかい家だな……」

ダベンポートは大きな四階建のアパートメントを馬車の窓から見上げた。

（いわゆるタウンハウスという奴だ）

タウンハウスとは上流階級の人達がセントラルに住むために造った大きなアパートメントだ。大概は古いアパートメントを改装して造られており、隣り合ったアパートメントの壁をブチ抜いて一軒の家に仕立てたタウンハウスもある。

どうやらダーイン家はそうした大型アパートメントに居住しているようだ。

（さすが、百貨店《デパート》に大きな売り場を持っている商家だけのことはある。おそらくメイドの数も十人は下るまい。執事もいるだろう）

ダベンポートはゆっくりと馬車から降りた。すぐに後から降りてくるカラドボルグ姉妹に手を差し伸べ、降車するのを手助けする。

「着いたー」

「着いたー」

カラドボルグ姉妹は馬車から降りるとすぐに馬車の後ろにまわり、さっそく縛りつけられていた大きな黒いトランクを荷台から降ろし始めた。

このトランクはカラドボルグ姉妹の商売道具だった。中には遺体修復《エンバーミング》に必要な道具と素材一式が収められている。

「うー、重いー」

「重いー」

重いトランクを高い荷台から降ろすのに二人で苦労している様子だ。

ダベンポートはその様子を眺めながら御者に話しかけ、近くの駐車場で待っているようにと指示をする。

ドスン
後ろの方から重い音がする。どうやらやっとトランクを荷台から降ろすことができたらしい。

荷台が空になったことを確認してから御者が手綱を使う。

馬車が出て行くのを見送りつつ、ダベンポートはダーイン家の玄関へと向かった。

「待って、ダベンポート様！」

大きなトランクを持ったカラドボルグ姉妹が後に続く。

二人のうちどちらかがカレンでどちらかがヘレン。だが、双子なのでダベンポートには見分けがついた例《ため》しがなかった。

まあ、話しているうちに判るだろう。どちらかがどちらかに名前で呼びかけるのを聞けば見分けはつくようになるに違いない。

「よいしょ、よいしょ」

二人で両側から大きな黒いトランクを持っている。

「重そうだな」

とダベンポートは背後のカラドボルグ姉妹に声をかけた。

「うん、重い」

小柄な二人が同時に首を縦に振る。

「でも、全部必要な道具だから」

「みんなステンレス鋼で作らせちゃったからちょっと重いの」

「ねえダベンポート様、持って♡」

と二人は同時に甘えた声を出した。

「……嫌だよ」

無視して玄関の呼び鈴の紐を引く。

「もう、つれないなあ」

「ダベンポート様、女性蔑視」

カラドボルグ姉妹は二人で揃って頰を膨らませた。

仕草まで似ているから始末に負えない。

「別に蔑視はしていない」

とダベンポートは反駁した。

「女性も社会に出る時代なんだろう？　僕はその意思を尊重しただけだ」

「……ダベンポート様、レディ・ファーストって知ってる？」

「知ってる？」

「社会に出たってレディはレディなんだよ！」

「だよ！」


しばらく待った後に、ようやく玄関のドアが薄く開いた。

出てきたのはやつれた顔をした中年の女性だった。

「…………」

無言のまま、じっとダベンポート達を見つめる。

どうやらメイドではなさそうだ。ずっと不慣れで、どこかおどおどした感じがする。服装は上品で高級そうな感じ。だが、中身が疲れているためか服も何やら皺《しわ》が寄ったように見える。

「はい……」

ようやく口を開いた。

クリーム色の髪の毛が乱れている。目が赤い。どうやら一晩中泣き明かしたようだ。

「王立魔法院から来ました、ダベンポートです」

とダベンポートは自己紹介した。

続けて、

「こちらは遺体修復士《エンバーマー》のカラドボルグ姉妹です」

と二人を紹介する。

「カレンです」

と右側がスカートを摘んで少し腰を低くした。

「ヘレンです」

と今度は左側。

やっと見分けがついた。

右側のカレンの左目の下には小さなホクロがある。一方、左側のヘレンの目にはホクロがない。

これで今後は困らなくて良さそうだ。

まだどっちが姉でどっちが妹なんだか判らんが。

「……どうぞ」

女性が一歩下がって道を開ける。ダベンポートたち三人は会釈しながらタウンハウスの中に入った。

三人はダーイン家の二階に作られた客間に通された。

アパートメントも大きいが、この客間もアパートメントとしてはとても広い。さすがにダンスパーティは無理そうだったが、三十人くらいの立食パーティであれば問題はなさそうだ。

ダーイン家の中は薄暗く、掃除もあまり行き届いてはいない様子だった。家の中の空気は淀み、どことなく埃臭《ほこり》い。

「……私はダーイン夫人《ミセス・ダーイン》です」

夫人は簡単に自己紹介した。

「主人は警察に逮捕されてしまいました。今は警察に拘留されています」

どうやら他には誰もいないようだ。人の気配がない。

「失礼ですが、メイドはいらっしゃらないのですか？」

どこにもメイドの姿が見えない事を不思議に思い、ダベンポートはダーイン夫人に訊ねた。

「……三ヶ月ほど前に、全員に暇を出しました」

ダーイン夫人は暗い声で言った。

「なるほど」

それで家の中が荒れている訳だ。

それ以上は追求せず、客間に向かうダーイン夫人の後を追う。

警察が作成した一次報告書を読んですでに大体の事情は知っていた。

ダーイン氏は昨日猟銃で自分の一人娘を射殺した咎《とが》で警察に逮捕されたのだ。

猟銃の発射音を聞いた近所の人が警察に通報し、警官隊はすぐにダーイン氏宅に到着した。

何しろ事件が発生した場所が百貨店《デパート》で高級ブティックを営む有名なダーイン氏の自宅だ。いつもは動きの鈍い警察も今回は迅速に行動した。

娘は即死、ダーイン夫人は狂乱状態。

報告書によればダーイン氏は虚脱状態で、とても口のきける状態ではなかったという。それでも警察は事情聴取を行い、ダーイン氏を逮捕した。

警察にとって問題だったのは、即死したその少女の異形《いぎょう》だった。

散弾銃で撃たれ即死した少女なら警察にも対処のしようがある。だが、異形の少女にどう対応するべきか、セントラルの警察はその術《すべ》を知らなかった。

そこで事件は魔法院に回され、そして今ダベンポートがここにいるという訳だ。

四人で客間に入ると、ダーイン夫人は力なく椅子の一つに座った。テーブルに肘を突き、両手でその顔を覆う。

と、まだダベンポート達が立っていることに気づき、ダーイン夫人は、

「……どうぞ」

と片手で反対側の椅子を三人に勧めた。

「ありがとうございます」

ダーイン夫人の反対側に三人で腰を降ろす。真ん中がダベンポート、右側がカレン、左側がヘレンの順番。

「………」

ダーイン夫人は口をきかなかった。相当に憔悴しているようだ。

「今、現場はどうなっていますか？」

仕方なく、ダベンポートがダーイン夫人に訊く。

『現場』という言葉にダーイン夫人の肩がビクリと反応する。

「……昨日警察の方がお帰りになった後掃除しました。娘も今はベッドに寝かせています」

ダーイン夫人はようやく重い口を開いた。

言葉に全く力がない。まるで幽霊と話しているようだ。

再び無言。

娘を失い、世帯主も逮捕されたダーイン夫人の姿は痛々しかった。

だが、必要な事は訊かなければならない。

「私はお嬢さんの姿が変わってしまった原因を調査するために魔法院からここに来ました」

と、ダベンポートはダーイン夫人に言った。

「ダーイン夫人、もし私の考えが正しければ、お嬢さんの姿が変わってしまった事にはおそらく魔

法が関係しています。早速《さっそく》で恐縮なのですが、とりあえずお嬢さんに会わせてはもらえませんか。あと現場も見せて頂けると助かります」

二

ダーイン夫人は三人を先に現場に案内した。

調書によれば現場は子供部屋だった。ダーイン家の一人娘、キャロルのいた子供部屋はアパートメントの四階にあるようだ。

長い階段を四階まで上がる。上層階なので日当たりがいい。明るい部屋は階下の客間とは対照的だ。

「わあ、明るいねー！」

陰鬱な客間から解放され、カレンとヘレンが同時に歓声をあげる。

ダーイン夫人は子供部屋のドアを開けた。

「……こちらです」

とりあえず中を観察する。

童話を題材にした壁紙が子供部屋らしい。入って右側にベッド、左側に勉強机、ドアの右側には小さなクロゼット。

部屋の中は散らかっていた。床にはゴミが散乱し、ベッドのマットレスからは綿がはみでている。ベッドの端が齧られたように削れているのも異様な感じだ。

ダベンポートは中に入ると、詳細に部屋の中を調べてみた。

まだ血痕が残っている。

壁には散弾銃が当たったと思しき大きな弾痕が残っていた。どうやら散弾は小さなキャロルの身体を貫通してしまったようだ。

（まあ、警察の見立て通り即死だな。だが、その方が良かったかも知れない……）

ついで机も調べてみる。

散弾が跳弾したらしく、机の上にはところどころに穴が開いていた。手袋をした指で散弾の跡を調べ、散弾の入射角を計算する。

（ほぼ水平射撃、ダーイン氏は正面から散弾銃を発射したようだ）

ダベンポートは早々に散弾の調査を切り上げると、今度は机の本棚を調べてみた。

（……魔法関係の本はなさそうだな。それに雑誌も読んでいなかったみたいだ）

本棚には教科書、あとは数冊の絵本しか並んでいない。

ふと、ダベンポートは机の上に半球状のガラスが割れて転がっていることに気づいた。周りにガラスの破片が散らばっている。どうやら散弾が当たってしまったようだ。

「ダーイン夫人、これは？」

ダベンポートはそのガラスをつまみ上げると、俯いている夫人に訊ねてみた。

「主人が、娘の誕生日に買い与えたものです」

と夫人は答えて言った。

「少し前の話です。主人が娘と二人で街に出かけて、買ってきたんです。ただ、詳しいことは主人も娘も笑うだけで話してはくれませんでした。中もあまり良く見たことはありません。二人だけの秘密だと言って……」

「フム」

ダベンポートはそのガラスを日にかざしてみた。

どうやら中には何かの溶液が入っていたようだ。ほとんどはこぼれてしまった様だが、まだ少し水分が残っている。

「これは、フラスコだな」

ダベンポートは呟いた。

「フラスコの下半分だ」

「女の子の部屋にフラスコがあるなんてなんか不思議ー」

「不思議ー」

後ろから覗き込んでいたカレンとヘレンがダベンポートに言う。

「ああ。確かに変だな」

ダベンポートは頷いた。

さらに詳細にガラス片を調べてみる。と、ダベンポートは底面だった部分に何か図柄が描いてあることに気づいた。

「……魔法陣だ」

中に五芒星の書かれた五オブジェクト二重魔法陣。

「これは、見たことがない。二重になっているところをみるとどうやら高度な魔法のようだが……」

手帳を取り出し、正確に魔法陣を書き写す。

「……そのような模様なら見たことがあります」

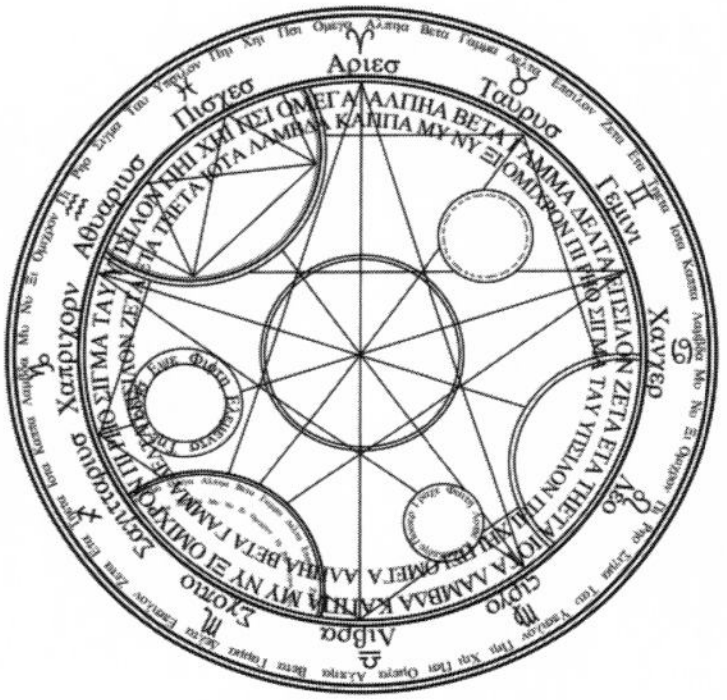

手帳に魔法陣を書き写すダベンポートを見てダーイン夫人は口を開いた。

「見たことがある？　どこでですか？」

ダベンポートは夫人の方を振り向いた。

「気がついたら、娘の手の甲に描かれていました。もっとずっと簡単なものでしたが」

夫人は言葉を続けた。

「ただ、それがいくら手を洗っても落ちなくて……」

「それでどうしたんです？」

ダベンポートは夫人を促した。

「やがて、娘はその印を見せてくれなくなりました。そのうちに私もあまり気にしなくなってしまって……」

後の言葉は掠れてよく聞こえなかった。

「ダーイン夫人」

ダベンポートは夫人に言った。

「その手がかりは重要です。なんでもいい、思い出したら教えてください」

「…………」

夫人は黙ってしばらく考え込んだ。

「……おそらく、そのガラスの瓶を主人と買ってきた頃だと思います。三ヶ月、いえ、娘の誕生日の頃の話ですから四ヶ月ほど前の事かと」

現場の検分を済ませたのち、今度は死体の検分に移る。

少女は三階の来客用寝室の一つに寝かせられていた。

現場から動かしてしまったのが残念だが仕方がない。いつまでも娘の射殺死体をそのままにしておけというのは流石に酷だろう。

寝室は少し暗かった。夫人に頼んで瓦斯洋燈《ガスランプ》をつけてもらう。ヴェルスバッハマントル（白熱ガスマントル）は最初薄暗かったが、すぐに白い光を放ち始めた。

少女の身体は横向きに寝かせられ、上にはシーツが掛けられていた。

シーツの端から、少女のクリーム色の髪の毛が覗いている。

「失礼」

とダベンポートは夫人に断ると、そのシーツをゆっくりと剥いでみた。

「！」

「あっちゃー」

「やっちゃったねー」

カレンとヘレンが二人で揃って宙を仰ぐ。

少女の身体はウサギに変化しつつあるようだった。

耳は長く、背中は猫のように丸まっている。身体に似合わず足が大きい。代わりに腿《もも》は短く、手は小さくなり始めているようだ。

それに顔もだいぶん変わっていた。細長くなり、目が頭の側面に移動している。

「…………」

無言のまま、ダベンポートは少女の顎に手を添えると顔を正面に向けさせた。

口蓋裂《こうがいれつ》。上唇が上に裂け、ウサギの口のようになっている。

おそらくダーイン夫人が整えたのだろう。少女の長いクリーム色の髪の毛には綺麗にブラシがかけられ、長い耳は頭の下にたくし込まれていた。

ダベンポートは無表情に両手で少女の唇をめくった。前歯を調べてから両手を使って少女の口を開かせる。

少女の口の中は前歯が発達し、奥歯が退化していた。

次いで眼球。瞼《まぶた》を開き、目の中を覗いてみる。

瞳が赤い。まるで血のようだ。

「ダーイン夫人、お嬢さんの目の色は何色でしたか？」

とダベンポートはダーイン夫人に訊ねた。

「青、です。湖のような綺麗な青」

ダーイン夫人が答える。

「今は赤いようですね。いつからか判りますか？」

「瞳の色……」

ダーイン夫人は少し考え込んだ。

「……おそらく、最近だと思います」

「ふむ」

続けてダベンポートは両手、両足を調べてみた。まだ顔に毛は生えていなかったが、両手と両足にはすでに毛が伸びていた。白くフサフサした毛が生えた手足はまるで動物の前脚と後ろ脚のようだ。

「……跳ね返り《バックファイヤー》だ」

少女の顔を横に向けさせ、手足を元の位置に戻しながらダベンポートは呟いた。

「それも、普通の魔法の跳ね返り《バックファイヤー》じゃない。禁忌呪文級の大きな魔法の跳ね返り《バックファイヤー》だ」

三

ピンク色のパジャマを着せられ、ベッドに寝かせられた少女の姿はまるで童話に出てくるウサギのようだった。胸元が血で汚れていないところをみると、どうやら包帯も巻かれているようだ。

とダベンポートは、ダーイン夫人の肩がワナワナと震えている事に気づいた。

泣いている。

ダーイン夫人の頬を一筋、涙が流れていく。

「……娘は変わってしまいました。最初は耳がウサギみたいになったと言って喜んでいたんですけど、しばらくするうちに行動まで変わってきてしまって……最近では自分の排泄物まで食べるように……」

「食糞行動です」

ダベンポートは穏やかに夫人に伝えた。

「ウサギの類《たぐい》は自分の糞を食べるんです。普通の事です」

「普通だなんて、そんな……」

夫人が声を詰まらせる。

「それを聞く限り、知能退化がかなり進んでいたようですね。お嬢さんは人間の大きさのウサギになったんです」

しかし、早い。四ヶ月でこの姿、知能退化まで起こすだなんて、どれだけ大きな跳ね返り《バックファイヤー》なんだ？

「……カレン、ヘレン、カミソリは持っているかい？」

ダベンポートはカラドボルグ姉妹に訊ねた。

「とーぜん」

「ありますよー」

「一つ貸してくれ」

「はーい」

バチンッバチンッという音を立ててカレンが足元に降ろした黒いトランクの蓋を開ける。

中に入っていたのは手術用具一式、銀色に輝く大工道具のような大型工具一式、化粧用品、何かの溶液と粘土数種類、二人分の白衣、その他ダベンポートにも判らない諸々《もろもろ》だった。

蓋まで使って様々な道具が大きなトランクの中に整然と収められている。

「はい、ダベンポート様」

カレンは蓋側の収納からカミソリを一本取り出すと、ダベンポートに渡した。

「ありがとう」

次いで、

「ダーイン夫人、魔法陣が描いてあったのはお嬢さんのどちらの手ですか？」

と訊ねる。

「確か、右です」

ダベンポートはキャロルの右手を自分の左手に乗せた。慎重にカミソリを使い、丁寧に手の甲を剃っていく。

徐々に白い毛が刈り取られ、下から白い皮膚が現れる。

「……これか」

姿を現した魔法陣を見てダベンポートは思わず唸った。

途轍《とてつ》もなく古い呪文だ。

普通だったら多角芒星があるところには、斜めに太く直線が描かれているだけ。

「オブジェクトが二個……領域《リーム》を結んでいない」

驚いたように口に出す。

オブジェクトが二個しかないということは、術者と対象、それにエレメントの三大要素のうち二つしか式に書かれていない事になる。オブジェクトが不足している魔法陣なんて見たことがない。

顔を近づけ、さらに詳細に魔法陣を調べてみる。どうやら、外周には術式の他に古代ルーン文字で名前も書いてあるようだ。

「……キャロル・ダーイン？」

名前入りの魔法陣。ますます不可解だ。ダベンポートは手帳を取り出すと、その魔法陣も書き写した。

この調査は大変そうだ。早速インデックスに当たらないと。


入念に死体を調べ、手帳にメモを取る。たっぷり二時間以上調べてからようやく満足すると、ダベンポートは元のように少女にシーツを掛けた。

後ろを振り向き、背後から興味深そうにダベンポートのすることを覗いていたカラドボルグ姉妹に話しかける。

「さてカレン、ヘレン、ここからは君たちの仕事だ。修復できそうかい？」

こう見えても二人は腕利きの遺体修復士《エンバーマー》だ。二人を連れてきたのも元はと言えばダーイン家の娘の死体を修復するためだ。

「大丈夫でーす」

二人が軽く答える。

「でも……」

と、ヘレンは答えた後で人差し指を頬に当てた。

「これは時間がかかりそうですよお？　カレン、どう思う？」

「とても一日じゃ終わりませんねー。お顔だけで一日かかりそう」

カレンも同意する。

「それにここでは狭くて……」

「どこか広いところでやりたいです」

「では、下の客間を使わせてもらったらどうだろう？」

それを聞いたダベンポートは二人に提案した。

「客が来るとも思えない。ダーイン夫人、よろしいですか？」

「え、ええ、構いませんが」

おどおどと答える。

「でも、何か怖いことをするのですか？」

ダーイン夫人はカラドボルグ姉妹に訊ねた。

「キャロルさんを元の人間の姿に戻すだけですよー」

とヘレンがすぐに元気よくダーイン夫人に答えて言う。

「お顔も元に戻します。すぐにまた可愛いキャロルさんに会えますよー」

「そうですか……それなら」

ダーイン夫人はしばらく考えてから同意した。

「ところで奥様？」

今度はカレンがダーイン夫人に話しかける。

「キャロルさんのお写真か何かありませんか？」

「肖像画でもいいです」

ヘレンが言葉を継ぐ。

「違うお顔にしちゃうとマズいので、何か見せてもらえると助かりますー」

三人で客間を片付け、カラドボルグ姉妹が黒いトランクから取り出した帆布《はんぷ》の敷物を敷き詰める。

今頃二人は全身を白衣に包み、キャロルの身体の修復を始めているところだろう。

見た限り、確かに厄介だ。顔も変わっているし、手足の形も人間とは違う。

（ま、あの二人なら大丈夫だろう）

カラドボルグ姉妹はダーイン家に置いてきた。今ダベンポートは一人になってしまった馬車で魔法院に帰るところだ。

カラドボルグ姉妹は修復が終わるまでダーイン家に泊まるという。泊まり込みは二人が強引にダーイン夫人に認めさせた。

（あの二人はアタマのネジがちょっと緩んでいるからな。下手したら死体の横で仮眠しかねない。……しかし気になるのはあの魔法陣だ）

勝手に思考が浮遊する。

（なぜ、手の甲に魔法陣があったのだろう？　そもそも、あれでは領域《リーム》を結べない。それなら動作が不安定になりそうなものだが……）

現代の魔法に領域《リーム》の定義は不可欠だ。これがないと魔法の有効範囲を設定できない。錬金術時代の魔法には領域《リーム》を用いないものもあると聞いているが、それは極めて危険な術式だ。

馬車がセントラルの市街を抜け、魔法院へと続く街道に入る。

それまで石畳だったところから未舗装路に入り、馬車の揺れが大きくなった。

（……いや、逆に動作が不安定だったから跳ね返り《バックファイヤー》がおきたのかも知れないな。見たところ古い呪文だ。古ければそれだけ力が強い可能性もある）

思わずため息が漏れる。

（まあ、今晩調べてみよう。インデックスを当たれば何か見つかるかも知れない……）

腕を組み、硬いシートの背に身体を預ける。

薄暗い森の中を走る馬車の中で、ダベンポートは考え事をやめると目を瞑《つぶ》った。

四

「ただいまリリィ」

ダベンポートは馬車で夕方に帰宅した。

「やあ、疲れた」

家に帰るとホッとする。

「お帰りなさいませ、旦那様」

いつものようにパタパタとやってきたリリィがインバネスコートを脱がせてくれた。すぐにブラシを取り出し、コートにブラシを掛けてくれる。

「今日はお早いんですね」

コートをコート掛けに下げながらリリィはダベンポートに訊ねた。

「ああ、今日は家で調べ物をしようと思ってる」

ダベンポートはリリィに言った。

「……また、難事件ですか？」

心配そうにリリィが表情を曇らせる。

しまった。また、顔に出てしまったか。

「いや」――とダベンポートは無理に笑顔を作りながらリリィに嘘を言った――「さほどでもない。少々調べ物が溜まっているだけだよ」

「なら良かった」

安心したという風にリリィが息を漏らす。気休めに、ダベンポートはもう一度リリィに笑顔を作って見せた。


少しリビングでリリィと過ごし、お茶を頂く。だがすぐにダベンポートは書斎へと引っ込んだ。

「夕食の時間になったら教えてくれるかい。僕は調べ物をしているから」

「わかりました」

リリィが頷く。

「今日の夕食はタイのポワレの予定です。付け合わせはグリーンピースとマッシュドポテトにしようと思います」

「やあ、それはうまそうだね」

ダベンポートは軽く空腹感を覚えた。

「楽しみだ」

書斎のデスクの前に座ると、ダベンポートはキャロルの手の甲に描かれていた魔法陣の方から先に調べることにした。

こちらは白い毛に隠されていたから警察もまだ知らない。これを先に調べた方がいいだろう。

本棚からインデックスの下巻を取り出し、『古典』の項を開く。

中にはダベンポートの先達たちが試行錯誤してきた魔法陣が集められていた。やたらと複雑な魔法陣、やけにシンプルな魔法陣……。色々な魔法陣が集められている。

どれもダベンポートには馴染みのないものだ。

手帳を取り出し、書き取ってきた魔法陣とインデックスに描かれた魔法陣を一つずつ見比べていく。

（リリィにああは言ったものの、これは難事件だ）

パラリ、パラリと一ページずつ慎重に調べていく。

一時間ほどかけて、ようやくダベンポートは目的の魔法陣をインデックスの中で見つけた。

その呪文は魔力結合《マナ・リンク》と名付けられていた。

（魔力結合《マナ・リンク》？　聞いたことがない呪文だ……）

インデックスによれば禁忌ではないが行使禁止呪文に指定されている呪文のようだ。

インデックスに指定されている巻を開き、詳細を調べてみる。

魔力結合《マナ・リンク》は付加呪文《エンチャント》とでも言うべき特殊な呪文だった。どうやらすでに行使されている呪文に重ねて行使する呪文のようだ。

（……動作不安定と注意書きにある。動作が不安定なために行使禁止呪文に指定されたようだ……計算が複雑な上にちょっとしたことでバランスが崩れるのか。恐ろしい呪文だな）

だが、使用目的は何なのだろう。

今の呪文であれば、多くの場合魔力供給源《マナソース》は術者そのものから取る。外部から送る場合でも制御が簡単なように魔力《マナ》は術者を経由する場合が多い。

ところが魔力結合《マナ・リンク》を使えば対象の呪文を改竄《かいざん》し、全く別な場所に魔力供給源《マナソース》を取ることができるようだ。

（しかし、使い方が判らない。妙な呪文だ……）

古い呪文には不思議な呪文が多い。

ふとダベンポートは同じ項にもっと訳の判らない呪文が載っていることに興味を覚えた。

魔力吸収《マナ・ドレイン》。

こちらはなんとオブジェクトが一つしかない。どうやらオブジェクトに術者を指定する必要すらないようだ。

（対象しか定義しない呪文なのか。これは珍しいな。絶対に跳ね返り《バックファイヤー》が起こらない呪文なんだ）

こちらは環境呪文《エンチャントメント》とでもいうべき呪文だった。オブジェクトを一つしか取らないため、魔法陣の中には小さな●が描いてあるだけだ。

（指定した対象範囲の魔力《マナ》の流れを強制的に停止してしまう呪文のようだな。しかも一度仕掛ければ永続的に効果が続くのか……）

その代わり効果範囲が狭い。たかだか直径十メートル程度。その範囲内では魔法が使えなくなるが、範囲が狭いため効果は知れている。ちょっと移動して魔法を行使すれば良いだけの話だ。

（不思議な呪文だ。要するに魔法が使えない結界を作るようだが……）

こちらは行使禁止呪文にすら指定されていない。

効果が極めて限定的なので、この呪文を使おうと思う者がいないのだろう。

トントントントン。

と、ダベンポートは礼儀正しくドアがノックされたのに気がついた。

「旦那様、夕食の準備ができました」

リリィだ。

(もうそんな時間か)

「今いくよ」

ダベンポートは魔導書にしおりを挟むと、ダイニングへと向かった。


夕食は美味しかった。

リリィが焼いたタイのポワレには白く、少し酸味のあるケッパーソースがたっぷりと添えられていた。アンズタケ《シャントレル》の入ったケッパーソースからはガーリックと玉ねぎのソテーが香り、それが食欲を強くそそる。そのほか色鮮やかなグリーンピース、マッシュドポテト。

「美味しかった。ご馳走さま、リリィ」

食後のお茶を頂きながら満足のため息を漏らす。

「美味しかったですね。作ってよかった」

向かいでリリィがティーカップとソーサーからお茶を飲みながらにっこりする。

「あ、そういえば旦那様、お手紙が届いていました」

とリリィはエプロンドレスのポケットから封筒を取り出した。

「夕食前に届きました。魔法院からの速達のようです」

「速達？」

リリィから封筒を受け取り、その場で開封する。

中に入っていたのは薄い報告書だった。

セントラル警察からの二次報告書だ。魔法院が急ぎで転送してくれたらしい。

「…………」

ダベンポートはリリィがいることには構わず、黙って報告書をダイニングで読み進めた。

セントラル警察はキャロルの机の上で割れていたフラスコに強い興味を持っているようだった。

フラスコの底に描いてあった魔法陣について調べてくれたようだ。

ただ、同時に彼らはダベンポート達と違ってある一定の距離を魔法に対して置いているようだった。フラスコの欠片を証拠物件として持って帰らなかったのも、ダベンポート達に対する配慮というよりは魔法に対する怯えから来るように思える。

そのため彼らの捜査も限定的だった。魔法陣そのものではなく、似たような魔法陣を使ったものが市街にないか、それを探したらしい。

あのフラスコはセントラル市街でダーイン父娘が四ヶ月ほど前に購入したものだ。セントラル警察はそれがどの店から購入されたものなのかを中心に捜査したようだ。

「……スレイフ商店……」

報告書の内容が思わず口を伝う。スレイフ商店はセントラルの駅前広場にある小さな店らしい。

スレイフ。

どこかで聞いたことがあるような……。

「あの、旦那様？」

そのとき、ダベンポートの正面でリリィがおずおずと口を開いた。

「わたし、スレイフ商店なら見たことがあるかも知れません」

五

「スレイフ商店を見たことがある？」

ダベンポートは思わずリリィに聞き返した。

「はい」

とリリィが頷く。

「セントラルの駅前広場のお店ですよね？　何回か前を通り過ぎたことがあります」

「いや、どこにあるのかは良く知らないんだ」

ダベンポートはリリィに言った。

リリィがスレイフ商店を知っているとは思わなかった。

「駅前広場の隅っこの裏路地にある小さなお店です」

細い指と手で身振りを交え、リリィがダベンポートに説明してくれる。

「不思議なお店です。小さなお店なんですけど……。なんか、瓶に入った小人を売っているんです」

「小人？」

「そうです」——とリリィは両手で小人の大きさを示した——「小さな人が水の中で遊んでいるん

です。犬や猫もあったかも知れません」

「それが、瓶の中に？」

ダベンポートはリリィに訊ねた。

「はい」

瓶の中の小人？　ホムンクルスか？

「うーむ」

ダベンポートは思わず腕を組んで考え込んだ。

ホムンクルスは禁忌呪文だ。大昔に錬金術師達がフラスコの中で生命を誕生させる事に成功したが、それは神の領域に対する大いなる冒涜だとして魔法院が禁忌呪文に指定したと学生の頃に教わった。

そもそも、科学的に完全な裏付けがない。何もないところから生命を生み出すというのは現代の科学と照らしても現実的には聞こえない。昔の錬金術師が何をしたのかは知らないが、半分は伝説であるとダベンポートは考えていた。

(しかし、リリィが嘘を言うとも思えない。だとしたら本当にホムンクルスは存在するのか？　しかも犬や猫のようなペットまで……)

「あの、旦那様？」

リリィが心配そうにダベンポートの顔を覗き込む。

「私、何か変なことを言ってしまったでしょうか？」

「いやリリィ、とんでもない。これは大変なヒントだよ」

気遣わしげなリリィの不安を払拭《ふっしょく》するため、ダベンポートはリリィに笑いかけて見せた。

「リリィ、済まないが手が空いたらそのお店の地図を描いてくれるかい？　僕も明日行ってみよう」

翌日の朝、ダベンポートはセントラルに向けて魔法院を馬車で出発した。

「………………」

ゴトゴトと馬車の中で揺られながら、昨日の夜の調べ物の結果を反芻する。

夜通し首っ引きで魔導書に当たった結果、ホムンクルスは必ずしも不可能ではないとダベンポートは考えるようになっていた。

ただし、あくまでそれは実験室の中での話だ。

現代において生命の自然発生は完全に否定されている。生命とは細胞の集合、細胞とは生命の最小単位だ。

細胞は分裂によって分化する。分化した細胞がそれぞれ別の臓器を形作り、それが最終的に生物となる。妊娠とはこの過程を母親の胎内で行う過程に過ぎない。同じことをフラスコの中で行う、それがホムンクルスだ。

(細胞の胚《はい》は恐らく生きている生物から得ることができる。むしろ問題は、分化と維持に必要なエネルギーをどこから得るのかということだ)

目を瞑ったままダベンポートは考えた。

実験室であれば魔力の源となるマナの供給はほぼ無尽蔵だ。マナを集める手段はいくらでもある。だいぶん錬金術の知識が失われてしまっているにせよ、これを実験室で行うのは不可能ではないように思える。

だが、このフラスコを売るとなると話は別だ。

(マナの供給が止まってしまうとすぐにホムンクルスは萎《しな》びて死んでしまうだろう。だがそれでは商品にならない……)

それにダーイン家の問題もあった。

(そもそも、ダーイン父娘は本当にこれを購入したのか？　あのフラスコの欠片は本当にスレイフ商店の商品なんだろうか？)

まあ、行けば判るか。

ダベンポートは考え事を続けながらセントラルへと運ばれていった。

スレイフ商店はセントラルの駅前広場の西側にあった。小さな公園の隣、西側の片隅。ちょうど王立芸術劇場の反対側だ。

店は三階建、間口は小さい。

ダベンポートは馬車を降りるととりあえずその店に行ってみることにした。時間は今十一時。街が賑わい始めている。

スレイフ商店はどうやら子供達に人気の店のようだった。今も二、三組の親子が店の中を覗き込んでいる。

石畳の広場をコツコツと歩き、親子の背後から店へそっと近づく。

入り口の両側はショーウィンドウになっており、そこに商品を展示できるようになっていた。中には同じ大きさのフラスコが並んでいる。

(確かにホムンクルスのように見える……)

第四話　ホムンクルス事件

フラスコを見ながら、心の中でダベンポートは思わず唸った。

（こんなところで生まれて初めてホムンクルスを見るとは思わなかった）

実物を見るまで、実はダベンポートは懐疑的だった。

スレイフ商店の商品はホムンクルスではなくて、何か光学的な魔法なのではないか——例えば走馬灯《ゾエトローブ》のようにアニメーションを光学魔法的に再生するような——そう疑っていたのだ。

だが、現実は全く異なっていた。走馬灯《ゾエトローブ》がループになった動きを繰り返し再生するのに対し、スレイフ商店のフラスコの動きには全く規則性がない。

フラスコの中の溶液で小さな女の子が泳いでいる。猫が遊んでいるフラスコや、犬が歩いているフラスコもあった。その動きはランダムで、まるで生きているかのようだ。

いや、本当に生きているのかも知れない、とダベンポートの視線がフラスコに釘付けになる。

ふと、背筋がぞっと寒くなった。

魔法院指定の禁忌呪文がこんな街の中で堂々と行使されているのだとしたら、それは大問題だ。

すぐに踏み込みたくなる気持ちを抑えながら、ダベンポートは外から店の中を覗き込んでみた。

スレイフ商店の主人は奥に座っている小柄な老人のようだった。黒いスカルキャップに丸いメガネ、古びたカーディガン。どうやら脚が悪いらしい。傍らには年季の入った杖が立てかけられている。

その杖は堅木《かたぎ》の枝を磨いて作ったもののようだった。表面がゴツゴツとしており、歩行杖《ウォーキングスティック》というよりは魔法の杖《マジックワンド》と呼んだ方が相応《ふさわ》しい外見をしている。

老人の目は昏かった。反射する眼鏡のせいで目の表情が読み取りにくかったが、その目はどこか沈み込み、感情がない。

さて、どうしたものか。

魔法院の権力を行使して踏み込むのは簡単だ。だが、それではキャロルの跳ね返り《バックファイヤー》の手がかりを見逃す可能性がある。ダベンポートは何としてでも跳ね返り《バックファイヤー》が起きた原因を突き止めたかった。

（あのフラスコを一本買って帰るか。マナの供給は自分で出来る。中身を生かしたまま魔法院に持ち帰れば何かわかるかも知れない）

だが……

同時に躊躇する気持ちもあった。

正直、少し恐ろしい。今も生き物が楽しそうに遊ぶフラスコにはどこか忌まわしい気配がある。あのような物を魔法院に持ち込めるのだろうか？　有害物であればちゃんとした隔離手続きを踏まなければならない。

（だが、手がかりは欲しい。……クソ、なるようになれだ）

そうダベンポートは心を決めると、片手でスレイフ商店のドアを押した。

六

カラン、カラン……

ドアを開けるとドアから下がったベルが小さく鳴った。

「……いらっしゃい」

薄暗い店内の奥で、老人がうっそりと口を開く。

「こんにちは」

ダベンポートは出来る限り愛想よく挨拶をした。

「そこに飾ってあるフラスコなんですけどね」──と親指で背後のフラスコを示す──「一本売ってもらえませんか？　猫が入っているものがいいな」

「……猫は高いよ」

しばらく無言でダベンポートを値踏みした後、老人はかなりの金額を口にした。

まあ、払えない金額ではない。あとで魔法院に請求しよう。

「では、それで」

値引き交渉は面倒臭い。

言い値で買うことにし、財布を取り出しながら老人に近づく。

老人は昏い顔を上げると、腰掛けたままダベンポートを見上げた。

「すぐに持って帰れるんですよね？」

札を数え、老人に差し出す。

「…………」

老人が反射する眼鏡越しに無言でダベンポートを見つめる。と、老人はダベンポートの制服に目を移すと再び口を開いた。

「……だが、あんたには売れない」

売れない？

「なぜ？」

思わずダベンポートは老人に詰問した。

「……そりゃ、あんたが魔法院の人間だからさ。魔法院には売れない」

その後しばらく押し問答をしてみたが、老人は頑なだった。魔法院には売れないの一点張り。

（まあ、そうかもな）

ダベンポートは肚の中で毒づきながら、同時に諦めてもいた。

（この制服を着て来たのは失敗だった……）

だがダベンポートは覆面捜査官ではない。捜査中も制服を着ない訳にはいかなかった。

（こうなれば違う手だ）

ダベンポートは一度馬車に戻ると荷台の装備品の中から双眼鏡を取り出した。

大きな双眼鏡を肩から下げ、今度は王立芸術劇場へと向かう。

入り口で係員に事情説明。

魔法院の制服の威力は絶大だ。さしたる問題もなく、ダベンポートは芸術劇場の尖塔の最上階へと上がることができた。

「さて、」

口に出しながら尖塔の窓辺に陣取る。

ダベンポートは肩から大きな双眼鏡を下ろすと、接眼レンズを覗き込んだ。

「根比べと行こうじゃないか、スレイフさん」


一時間、また一時間。

次々に親子が店のショーウィンドウを覗き込んでいく。だが、フラスコが売れる様子はない。たまに店内に入っていく親子もいたが、しばらくすると何も持たずに出てきてしまう。

ダベンポートはリリィが作ってくれたサンドウィッチを食べることも忘れ、ひたすら監視に没頭した。

（あの金額だ。上流階級じゃないと気軽には買えないだろう）

日が高くなり、そして暮れ、やがて広場の瓦斯灯《ガス》に火が点ってもフラスコが売れる様子は一向になかった。

「しょうがない、今日は諦めよう」

思わず独り言が口を伝う。ダベンポートはスレイフ商店の店内が暗くなるのを確認してから双眼鏡を片付け始めた。


翌日からダベンポートは朝から王立芸術劇場の尖塔に陣取るようになった。

スレイフ商店が開くのは昼の十一時、閉まるのはだいたいいつも晩の七時くらい。

いつの間にかに、ダベンポートは店内に入っていく人たちの階級を予想するようになっていた。

あれは中流階級だな。おそらく買わない。いや、買えない。

母親が傘《パラソル》を差している。服装も高そうだ。上流階級だな。

キャスケット？　労働者君、その店に入るには少々若すぎやしないか？

リリィの作ってくれたサンドウィッチを齧りながらも目は接眼レンズから離さない。

その日もホムンクルスの入ったフラスコは売れる様子はなかった。店を覗く客は多いのだが、フラスコを手にして出てくるのを見た事がない。

（おそらく、たまに売れればそれで十分なんだろうな）

いつの間にかに夕闇が辺りに迫っている。

ダベンポートが今日もダメだなと半ば諦めた頃、新たな親子がスレイフ商店の前に立った。

母親は最新の腰のくびれを強調したドレスを身につけていた。ヒールの高いブーツに派手な帽子、両端に把手《はしゅ》のついた長い傘《ウォーキングパラソル》にレースの手袋。絵に描いたような上流階級だ。

少年用帽子を被った子供の服装も上品で有望そうに見える。

母子がショーウィンドウを覗き込む。子供が中を指差し、笑顔で母親に何か喋っている。

(いい感じだ)

やがて、母親は腰を折ると何事か子供に話しかけた。子供が大きな笑顔を見せ、先に立ってスレイフ商店の店内へと入って行く。

(買うかな？　買ってくれ)

ダベンポートは様子を伺うために双眼鏡で店内を詳細に見ようとした。だが、店内が暗く、また俯角がありすぎるために良く見えない。
(クソッ)
仕方なく、ベストのポケットから時計を取り出す。すぐに出てきてしまったらそれまで、しばらく滞在したら有望だ。

五分……十分……十五分……

母子はなかなか外に出てこなかった。

中ではどのような会話が行われているのだろう。まさか値引き交渉という事はあるまい。迷っているのか、あるいはホムンクルスの飼育に関する注意を聞いているのか。

さらにしばらく待ち続けた後、ようやく母子が店から出てきた。店内に小さく会釈し、ドアに背を向ける。

ダベンポートはまず子供の持ち物を確認した。

（よし）

ちゃんと大切そうにフラスコを抱えている。中に何が入っているのか判らないが嬉しそうだ。

（右手だ、右手を確認しないと）

双眼鏡を廻らせ、子供の右手を追う。だが右手の甲はなかなか見えない。

（そうだ、もう少しこっちを向いてくれ。……あと少し）

ようやく手の甲が見えた。

その手の甲には魔法陣が刻まれていた。領域《リーム》を結ばない、真ん中に太く斜めの線が描かれた魔法陣。キャロルの手の甲にあった魔法陣と同じ、魔力結合《マナ・リンク》の魔法陣だ。

（やはり、ホムンクルスと魔力結合《マナ・リンク》の魔法陣には関係があるんだ。店に入る前、あの子の右手には魔法陣はなかったはず）

双眼鏡で母子の行方を追い続けながら考える。

魔力結合《マナ・リンク》は呪文改竄の呪文だ。対象の呪文を書き換え、魔力供給源《マナソース》を変更する。

（やはり、エレメントを改竄してあの子を魔力供給源《マナソース》にしているのだろうか）

母子が楽しそうに石畳の広場をゆっくりと横切っていく。

（魔力供給源《マナソース》になるという事は、それだけあの子にマナが流れるという事だ……）

ダベンポートは頭の中で式を書きつつ考え続けた。

（そもそも対象の呪文はなんだ？　あの子の手の甲の魔力結合《マナ・リンク》は何の呪文を書き換えているんだろう？　ホムンクルスと魔力結合《マナ・リンク》に何の関係が……）

不意に、全ての事象がダベンポートの中で符合した。

「判ったぞ！」

思わず叫び声を上げる。

「まずい、このままではあの子が危ない！」

ダベンポートは急いで双眼鏡を片付けると、尖塔の階段を駆け下りた。

七

尖塔の階段を駆け降り、ダベンポートは駅前広場に飛び出した。

途中芸術劇場の係員に警察への伝言を頼み、フラスコを買った母子の後を追う。

母子はすでに広場を後にしていた。馬車が出てしまうと面倒だ。その前に捕まえないと。

石畳の広場を駆け抜け、駅前広場東側の駐車場に向かう。

馬車と蒸気自動車が駐車する路上駐車場だ。

(あの母親の帽子は目立つ。すぐに見つかるはずだ)

母子の馬車はすぐに見つかった。

中型四輪の無蓋馬車《ビクトリア》。馬ではなく、なんとリャマに引かせている。

フラスコを持った子供はすでに馬車に乗せられ、今は母親が御者に手伝ってもらって乗り込もうとしているところだ。

「待ってくれ！」

ダベンポートは急いで馬車に近づくと、リャマの馬銜《ハミ》と手綱を片手で握った。

「なんだね君は、いきなり！」

馬銜《ハミ》を摑《つか》んだ事を見咎め、馬車の御者が怒声を上げる。

「奥様、ご無礼はお許しを。王立魔法院のダベンポートと申します」

ダベンポートは御者を無視すると母親に話しかけた。

「まあ、そんなに慌ててどうなさったの？」

上流階級の人たちは皆鷹揚《おうよう》だ。母親は馬車にかけていた片足を下ろすと、訊ねるように小首を傾げた。

「奥様は先ほどスレイフ商店で息子さんにフラスコを買い与えましたね？」

「はい」

母親がニッコリと笑う。

「良い買い物ができました。カール、ダベンポート様にお見せして？」

「これだよ、ダベンポートさん」

カールと呼ばれた息子が無蓋馬車《ビクトリア》の座席からフラスコを掲げて見せる。

カールが手にしたフラスコの中では小さな女の子が居眠りをしていた。

「ちょっといいかな？」

カール少年からフラスコを受け取り、下から覗いてみる。

あった。

フラスコの底には確かにキャロルの持っていたものと同じ、五芒星の二重魔法陣が描かれていた。

これで全部繋がる。

「ありがとう」

怪訝そうにしているカール少年にフラスコを返す。少年はすぐに大切そうにフラスコを握りしめた。

ついでダベンポートは、

「坊や、すまないが右手を見せてくれないかな」

と訊ねた。

「はい」

素直に差し出された小さな右手を左手に乗せ、手の甲を調べる。

少年の手の甲には真ん中に斜めの太い線が描かれた魔法陣が焼きついていた。

外周のルーン文字には少年の名前。カールと読める。

「…………」

「それは、何ですの？　スレイフさんはフラスコのオーナーの証だと仰っていましたけど……」

「魔法陣です」

とダベンポートは答えた。

「息子さんはこの魔法陣でそのフラスコとリンクしているんです。残念ですが、これは洗っても落ちません」

「まあ」

驚いたように片手で口元を隠す。

「古い呪文なんです。とても古い。現在は行使禁止呪文に指定されています。息子さんの手に描かれていてはいけない物なのです」

「そうなのですか？」

「はい」

ダベンポートは頷いた。

「息子さんの手に描かれた魔法陣はそのフラスコの底の魔法陣を書き換えて、フラスコと息子さんとを繋げているんです。端的に言えば、今このフラスコに魔力を供給しているのは息子さんです。そのため、今息子さんの身体には大量の魔力《マナ》が流れ込んでいます。このまま放っておくと何が起こるか判りません。最悪の場合、息子さんは亡くなります、それもひどく惨たらしい状態で」

「ああ……」

遠慮のないダベンポートの言葉に母親の膝が砕け、その場に崩れ落ちる。

「奥様！」

御者は慌てて卒倒した母親を抱きとめた。すぐにポケットから嗅ぎ塩の入った小瓶を取り出し、母親の鼻の下にかざす。

しばらく待つと、母親は気を取り戻した。気づくやいなや、すぐにダベンポートにすがりつく。

「ダベンポート様！　どうか、どうか魔法院のお力で息子をお助けください」

「もちろん、そのつもりです」

ダベンポートは内ポケットから解呪の護符を取り出した。

「カール君、今から君に掛けられている呪文を解呪する。その代わり、フラスコの中の女の子は死んでしまうと思う。いいね？」

「え？」

少年の目が驚いたように見開かれる。

構わず、ダベンポートは解呪の護符で少年の右手を撫でた。

右手の甲の魔法陣が淡く光り、そして消える。

初めはフラスコの中に何も起こらなかった。

少年とダベンポート、それに母親が見守る中、小さな女の子が安らかに眠っている。

ふと、その女の子はフラスコの中で目を覚ました。周囲を見回し、立ち上がってフラスコの壁の方へと歩いてくる。

どこか苦しそうだ。

やがて、女の子は両手でフラスコの壁を叩き始めた。何かを訴えている。

「………」

だがすぐに女の子はその場にクタクタと崩れ落ちた。身体を丸め、小さくなる。

それが最後の姿だった。

徐々に女の子の身体が朽ちていく。

ホムンクルスが擬似生命体から再び元の細胞と無生物の姿へ戻っていく。

ホムンクルスの身体は音もなく崩れると、静かにフラスコの中の溶液へと溶けていった。


「死んじゃったの？　ねえ、ダベンポートさん！」

カール少年は馬車のシートの上で大泣きしていた。

「あれは元々生きてはいなかった。元に戻っただけだよ」

静かにダベンポートが少年に言う。

「うわーッ」

涙を流すカール少年の隣で母親が馬車から身を乗り出す。母親はダベンポートの手を強く握った。

「ダベンポート様、ありがとうございました。まさかこんな事になるとは思ってもいませんでした。あれには」——とカール少年に一瞥をくれる——「私から良く言って聞かせます」

ダベンポートはしばらく黙って少年の事を見つめていたが、やがて口を開いた。

「奥様、一つお願いがあります」

「何でしょう。私にできる事なら何なりと」

母親は馬車の上からダベンポートを見つめた。

「奥様、魔法院に書状を一通頂きたいのです。スレイフ商店で先のような事があったと。奥様からの証言があると、私としてもやりやすい」

「ダベンポート様のお力に……？」

母親は明るい笑顔を見せた。

「ええ。書状を頂ければ、被害にあった金額も魔法院から補填できると思います。ですので、状況はできる限り正確に」

「お金の事はいいですわ」

と母親は少し笑った。

「今日はこの子に良い経験を与える事ができました。ダベンポート様、感謝いたします」

頃合い良しと見て母子の馬車が走り出す。

馬車はすぐに夜の闇へと消えていった。

八

翌朝、ダベンポートはスレイフ商店を訪れた。

「入るよ」

中からの返事を待たず、ドアを開けて店内に入る。

「……なんだ、先日の魔法院の人じゃないか」

暗い店の中、奥の小さな椅子に座った老人が眼鏡を光らせながら顔をあげた。

スレイフ老人の監視を始めた時から、念のためにダベンポートは夜間にスレイフ老人の店を見張ることをセントラル警察に頼んでいた。だが、特に用心する必要はなかったようだ。結局警察からは何の連絡もなかったし、現にスレイフ老人はここにいる。

「スレイフさん、あなたを逮捕します」

ダベンポートはポケットから手錠を取り出した。

ダベンポートが手にした手錠を見てスレイフ老人の口角が醜く歪む。

「……フフ、」

意地の悪い苦笑。

「……何の容疑で？」

スレイフ老人はダベンポートを椅子から見上げた。

「禁忌呪文と行使禁止呪文の行使です」

一応罪状を列挙する。

それでも立ち上がろうとすらしない老人を見ながら、ダベンポートは口を開いた。

「スレイフさん、あなた昔魔法院にいましたね？　昨日の夜にやっと思い出しましたよ。どこかで見た事がある名前だと思っていたんです。『変わり者の天才スレイフ』、あなたがそうなんですね」

「…………」

スレイフ老人は答えない。

「僕はまだその頃魔法院にいなかったが、あなたの研究は読みました。あなたの錬金術に関する研究は素晴らしい。だが、錬金術しか研究しなかったせいであなたは結局魔法院では研究員止まりだった」

「……昔の話だ」

ようやく、スレイフ老人が言った。

過去の話を持ち出され、嫌そうにするスレイフ老人を見ながらダベンポートが言葉を継ぐ。

「あなたが魔法院を去った後、残念ながらあなたの行方に興味を持つ者は誰もいなかった。でも、こんなところにいたとは驚きです。しかも売っているものがとんでもない。まさか本当にホムンクルスを完成させていたとは思いませんでした」

「なに、ちょっとした老人の手慰みだよ。子供のおもちゃだ」

「子供のおもちゃ。確かにそうかも知れない」

ダベンポートは頷いた。

「しかし、子供をマナの経路にしてホムンクルスに魔力を供給する、この仕組みは戴《いただ》けませんね。あなたは歴史の闇から掘り起こした禁忌呪文を使ってホムンクルスを作り出し、店の外でもフラスコに魔力が流れるように子供の手に魔力結合《マナ・リンク》の魔法陣を焼き付けたんだ」

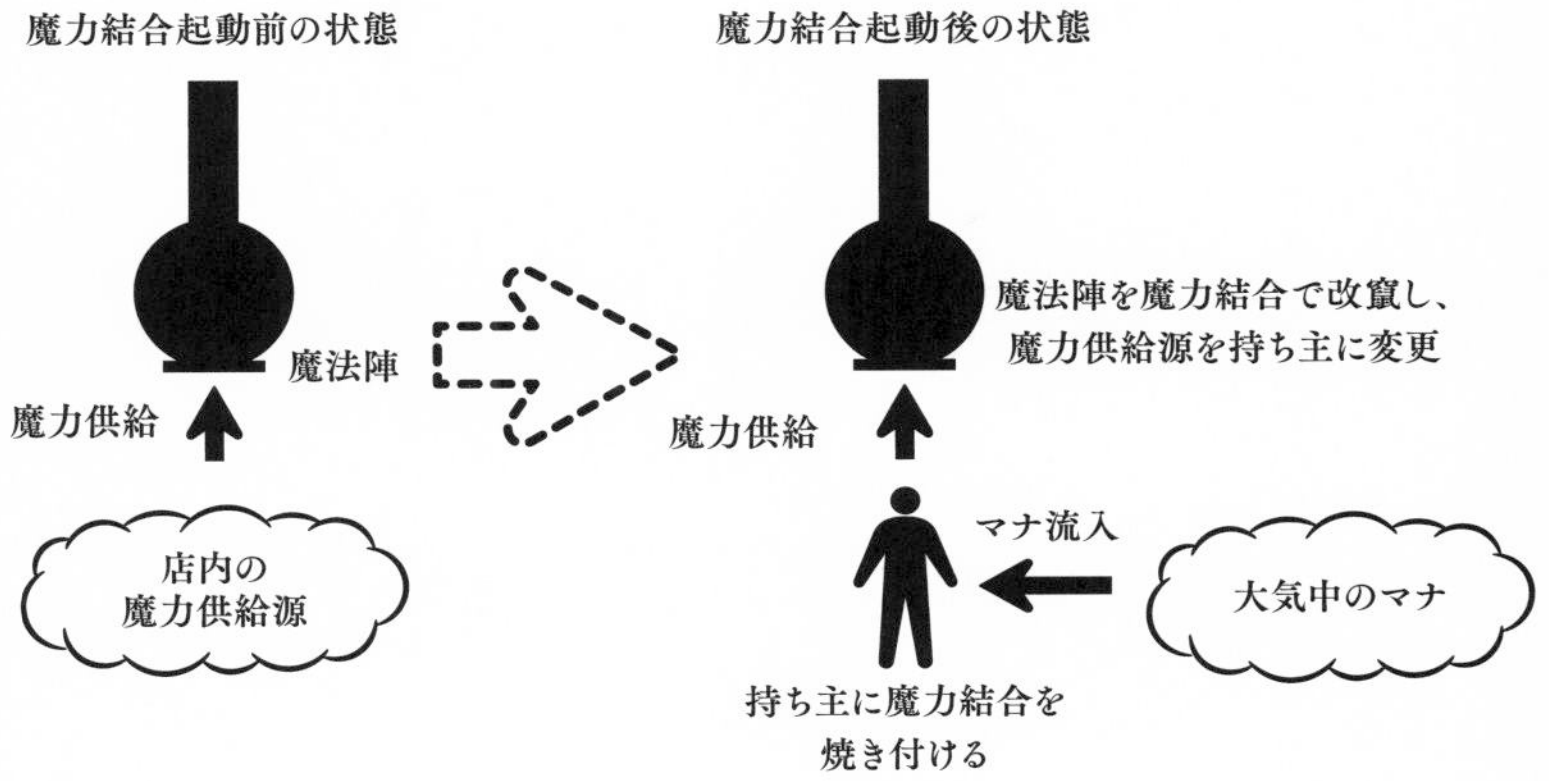

「それがなんだと言うんだ」

スレイフ老人は反駁した。

「どうせ子供から供給されるマナはたかが知れている。ホムンクルスは数日のうちに死ぬだろう。そうしたら呪文は失敗《フィズル》して、魔力結合《マナ・リンク》の魔法陣はただの思い出になる」

「それが普通の子供ならね」

とダベンポートは同意した。

「だが、素質のある子供の場合はどうなりますか？　例えば生まれつきマナの経路が人並み外れて太い子供の場合は？」

「……その場合は、ホムンクルスは死なないかも知れん」

しぶしぶ、スレイフ老人は頷いた。

「だが、それがどうした。おもちゃが長持ちする、結構な事じゃないか」

「そのマナ流量があなたの想定外に大きくても、ですか？」

ダベンポートはスレイフ老人に訊ねた。

「あるいは、魔力結合《マナ・リンク》が暴走した場合はどうですか？　あの呪文は領域《リーム》という安全策を取らない古い呪文だ。暴走する可能性は大いにある。魔力結合《マナ・リンク》が暴走したら最悪、辺り一面からマナを吸い上げてしまうかも知れない」

「その場合は」――とスレイフ老人が少し口ごもる――「大量のマナが一気に子供の身体に流れ込むだろうね」

今では老人から挑戦的な雰囲気は消えていた。

「そうなるとどうなりますか？」

さらにダベンポートはスレイフ老人に訊ねた。

「おそらく、跳ね返り《バックファイヤー》が起こるだろう。跳ね返り《バックファイヤー》はつまるところ流れ込んだマナ、言い換えれば魔力の副作用だ。一回に流れる量が多ければ多いだけ効果は激甚《げきじん》になるはずだ」

「そう。その通り」

とダベンポートは人差し指を立てた。

「そしてそれがキャロル・ダーイン、ダーイン家の一人娘に起きた事なんです。スレイフさん、あなたは魔法にはとても詳しい。そして錬金術の知識もおそらく王国で一番だ」

ダベンポートは話を続けた。

「だから、これが事故だったという言い訳は通用しません。あなたなら当然予見して然るべき現象だ。おそらくあなたはその危険も判っていて、その上で上流階級相手に商売を続けてきたんだ。あなたには然るべき罰を受けてもらう」

と、ダベンポートは内ポケットに右手を入れると羊皮紙を一枚取り出した。

羊皮紙にはすでに魔法陣が組み立てられていた。単純魔法陣の中に小さな●、魔力吸収《マナ・ドレイン》の魔法陣だ。

「…………」

ダベンポートは老人の前で伸び上がると、上に手を伸ばして壁の高い位置に魔法陣を貼り付けた。

ここなら脚が悪く、小柄なスレイフ老人には届かない。

すぐに起動式を詠唱。

「――――」

続けて固有式を詠唱。

対象：スレイフ商店

「――――」


「……何をした？」

怯えたようにスレイフ老人はダベンポートに訊ねた。

「魔力吸収《マナ・ドレイン》です」

簡潔に答える。

「あなたは放っておくと何をするか判らない。それにホムンクルスも始末しなければならん。今、マナの流通を完全に停止しました。これでこの辺りでは誰も魔法が使えない」

ふと、ダベンポートが苦笑を漏らす。

「無論、これで僕も魔法が使えなくなった訳だが」

「ここにいるホムンクルスを全員殺すと言うのか！」

思わずスレイフ老人は立ち上がった。

「大量殺戮だ！　そんなこと、許されん！」

「違います」

スレイフ老人を見るダベンポートの目は冷たかった。

「ホムンクルスは生き物じゃない。ただ、土に戻すだけだ」

マナの流れが止まり、周囲の魔力が一気にゼロになる。

と、見る間に周り中のフラスコの中でホムンクルス達がもがき始めた。

男の子、女の子、犬、猫、鳥……

苦しそうに身悶えし、次々とフラスコの底で頽《くずお》れていく。

「ああ！　ああ！　ああ！」

スレイフ老人は両手で頭を抱えた。

「儂《わし》の！　儂の子供達が！」

「…………」

ダベンポートは半狂乱になったスレイフ老人の腕を掴むと、黙って両手に手錠をかけた。


気が狂ったようにもがくスレイフ老人を警察に引き渡したのち、ダベンポートはダーイン家のタウンハウスへ馬車で向かっていた。

警察は所定の取り調べを行った後にスレイフ老人を騎士団に引き渡す予定だ。その後は裁判。法廷が必要な罰を下すだろう。

ダーイン家の玄関の前にはもうカラドボルグ姉妹が外に出て待っていた。

膝の上で頬杖を突き、玄関の前の階段に退屈そうに座っている。

ダベンポートが馬車から降りると、早速二人は文句を言い始めた。

「ダベンポート様遅ーい！」

「遅ーい！」

「すっごい待った！」

「死ぬかと思った！」

「すまないね、思ったよりも時間がかかってしまった」

ダベンポートは二人に謝った。

「で、終わったのかい？」

「終わりましたー」

二人がぴょこんと立ち上がり、ダベンポートの両側から嬉しそうに言う。

「とっても綺麗になりましたー」

「わたしたちの作品の中でも最高傑作かも！」

「一度頭蓋骨を割って組み合わせ直しました。足もノコギリで切ったし、長さも変えたし。こんな修復してあげてるのってわたしたち位ですよ！」

「ねー」

「ねー」

また、いつもの『ねー』か。

「あのね、ダベンポート様」

「ところでちょっと困ったことがあるの」

と二人は眉を顰《ひそ》めた。

「なんだい？」

どうせロクでもない話だろう。

「行きはね、グラムさんが荷物を荷台に乗っけてくれたの」

とカレンが言った。

「でね、帰りは自分でやれって言われたんだけど、でもわたしたちじゃあこのトランク載せるの、たぶん、ムリ」

「うん、ムリ。だからねー」

「ねえダベンポート様、載っけて♡」

甘えたような声。

「仕方がないな」

渋々、ダベンポートは二人の足元から大きな黒いトランクを持ち上げた。

「んッ！」

とんでもなく重い。まるで石が詰まっているようだ。

苦労してトランクを荷台に載せ、行きと同じように括りつける。

荷物の準備が出来た時、すでにカラドボルグ姉妹は馬車に乗り込んでいた。

「そう言えばダーイン夫人はどうしたんだ？」

ふと気になり、ダベンポートも馬車に乗り込みながら二人に訊ねる。

「今はキャロルさんと一緒にいます」

とカレンが答えた。

「防腐処理も施したのでしばらくは一緒にいられると思います」

「でもお葬式するのかなー」

ヘレンはカレンに話しかけた。

「どうだろう？」

カレンがヘレンに答える。

「泣いて喜んでいたもんね、当分は埋めないかもねー」

御者が手綱を使うと馬車が走り出した。

「まあ、いいんじゃないか？　気が済むまで一緒に居れば」

シートの背に身を預け、長い足を組む。

あれだけ悲惨な目に遭ったんだ。少し長く別れを惜しんだところで罰《ばち》は当たるまい。

「まあ、そうかも知れないですねー」

ダベンポートはカラドボルグ姉妹との他愛のないお喋りを楽しみながら、魔法院へと運ばれていった。

第五話　歌う猫

一

いつものゆったりとした朝の食事。

柔らかい朝日の射すダイニングで、ダベンポートはリリィの作ってくれた朝食を楽しみながらモーニングブレンドのミルクティーをゆっくりと飲んでいた。

今日の朝食はリリィが雑誌を見て覚えたというドライフルーツがたっぷりと入ったミューズリー、卵二つのベーコンエッグにソーセージ、焼いたトマトとベイクドビーンズ。トーストにはこの前リリィが作ったルバーブのジャムが添えられる。

うむ。素晴らしい。こんな素晴らしい朝食は貴族の屋敷でもそうそうお目にはかかれまい。

「旦那様、これ、見てください」

ふと、ダベンポートの背後からリリィは少し興奮した様子で女性雑誌を差し出した。どうやらダベンポートに見せようと自分の部屋から持ってきていたらしい。

「なんだね？」

ダベンポートは振り返るとリリィから雑誌を受け取った。

「この記事、面白いと思いませんか？」

ダベンポートの横でリリィが雑誌を開き、一つの記事を細い指で指し示す。

ダベンポートはリリィが指差す記事に目を落とした。

「『セントラルでは猫も歌う』？」

「歌をうたう猫ってなんか可愛い！」

リリィが頬を紅潮させている。それでも飽き足らないのか、細い身体を左右にひねっているのが愛らしい。

リリィは可愛い生き物が大好きだ。庭に遊びに来るリスに話しかけているのを見たこともある。そのリリィから見たら、歌う猫は興奮の極みだろう。

「どれどれ」

ダベンポートはもう少し記事を読み進んでみた。

「『……セントラルは王国の中心地にして様々な文化の発信地でもある。このセントラルに最近、歌う猫が現れた。猫は気が向いたときに駅前の広場に現れ、美しい歌声を披露し、どこへともなく去っていく……』」

「ふーん」

「大道芸の人たちと一緒に歌うんですって」

「『……なお、猫におひねりを与える場合には紙幣の方が良いだろう。貨幣では猫には重すぎる可能性がある。猫が帰るときに首輪に紙幣を挟んでやれば……』」

「おひねり！　この猫は働いているのかい？」

驚いてダベンポートはリリィの方を振り返った。

「そうみたいです」

とリリィが頷く。

「きっと、自分のごはんは自分で買っているんです。自立した猫なんです」

「そんなバカな……」

ダベンポートは雑誌をリリィに返すと、お茶をもう一口、口に運んだ。

働く猫、ねえ。

猫という生き物は気まぐれで、気ままに生きているものとばっかり思っていた。そもそも猫は歌えるものなのだろうか？　鳥ならまだ話は判るが……。

「わたしも会ってみたいな」

リリィは胸に雑誌を抱きしめると、夢見るように宙を見上げた。

「今度のお休みにセントラルに行ってくればいいんじゃないか？　週末にお休みをあげよう。そんな雑誌に載るくらいだ、その猫はよくそこにいるんだと思うね」


「なあダベンポート、聞いたかい？」

ダベンポートが登院して席につくと、早速隣の席のトーマスが話しかけてきた。

トーマスは少しそそっかしいのが玉に瑕《きず》だが、とても気の良い男だ。妻君は何歳か年下で、二人で仲良く暮らしているらしい。

「聞いたって、何をだい？」

「セントラルの猫の話さ！」

大げさに両手を広げる。

「ジュディスが雑誌を見せてくれたんだけどね、セントラルに歌をうたう猫が出るんだよ。人気者らしくてさ、毎日その猫を待っている人もいるらしい」

そうか、トーマスの妻君はリリィと同じ雑誌を読んでいるんだな。

「へえ」

ダベンポートは今朝のリリィとの会話はおくびにも出さずに相槌だけを打った。

「実はさ、ジュディスも先だってこの猫を見ているんだよ。それは素晴らしい歌声なんだそうだ」

「ほう。ミャオウとでも歌うのかい？」

「まあそんな感じだろうね、流石に人語で歌うわけではないらしい。そう、ジュディスはなんて言っていたっけかな、ああ、まるで何かの楽器みたいだったってさ」

「楽器か、フルートみたいなものかな」

ダベンポートは言った。

「まあ、猫だからね、どちらにしても打楽器や弦楽器ではないだろう。でも音階が広くてね、それはうっとりするような歌声らしいよ」

「面白いね」

「ああ、実にね！　しかもその猫は稼いでいるようだよ。首からおひねりを入れるための小さな袋を下げていてね、人々が紙幣を入れてくれる間はじっとしているんだとさ」

（歌をうたう猫、ねえ）

溜まっていたペーパーワークを片付けながらダベンポートは考えていた。

（そういえば魔法院《ここ》にもそんな研究をしていた人がいたな……。誰だっけな、確か……）

「なあトーマス」

ダベンポートは隣で頭を掻き毟《むし》っているトーマスに話しかけた。

「なに？」

「カーラ女史はどうしたかね？　ほら、あの動物に知性を与えるとかって研究をしていた……」

「ああ、彼女ならもう退官したよ」

トーマスは頭を掻くのをやめるとダベンポートに言った。

「退官した？」

「理由は良く知らないんだがね、急に辞めちゃったみたいなんだ。珍しいよね。魔法院《うち》を辞めるっていうのも」

二

「そうか、カーラ女史は辞めたのか」

外のベンチに向かい合わせに座ってランチのサンドウィッチを食べながら、ダベンポートはトーマスに訊ねた。

今日はオーソドックスにハムアンドチーズ、それにオイルサーディンのサンドウィッチだ。料理が好きだとはいえ、朝食の準備をしながらランチも作るリリィの手際の良さには感心する。

「ああ、最近の事だよ」

トーマスがもぐもぐとサンドウィッチを頬張りながらダベンポートに答える。

見たところ、サンドウィッチにはオリヴィエサラダ（北の皇国風ポテトサラダ）と何かが二段に挟まっているらしい。ダベンポートの上品なサンドウィッチに比べて彼のサンドウィッチは優に三倍くらいの厚みがある。

「しかし、魔法院が自由意志で辞められるとは知らなかった」

ダベンポートはトーマスに言った。

「うん、僕もさ」

トーマスが頷く。

「魔法院に所属するということは一種の称号みたいなもので、辞めるとかそういうものじゃないと思ってたんだけどね。どうやら辞められるみたいだ」

「ふーん。隠居じゃなくてかい？」

「違うみたいだ」

トーマスは二つ目のサンドウィッチの包み紙を剥がしながらダベンポートに言った。

「ともかく、急に辞めたんだよな。もう魔法院には関わりたくないらしいよ、聞いたところによると」

「へえ」

「ほら、彼女サル《ブッシュベイビー》を飼っていたじゃないか」

溢れたマヨネーズソースがついた親指を舐めながら言葉を継ぐ。

「ああ、そう言えば……」

カーラ女史のことはあまりよく知らないし、覚えてもいない。顔を見れば思い出す程度だ。

だが、言われてみれば確かに、肩に猫のような耳をした灰色の生き物が乗っていたような気がする。

「あのサルが死んだとかでね、ひどく気落ちしてそのまま退官してしまったんだ」

「そうだったのか」

「サルの寿命って二十年くらいだと思うから、事故でもあったのかなあ。でもなんで急にカーラ女

史のことを思い出したの？」

トーマスは食べ終わってしまったサンドウィッチの包み紙を丸めながらダベンポートに訊ねた。

「ほら、君の言っていた『歌う猫』の事、彼女に聞けば何かわかるかも知れないと思ったんだ。僕のところのハウスメイドが強い興味を持っていてね。あの話にはどうにも魔法の匂いがする」

カーラ女史の専門は動物学。ただ、動物学とは言っても一般的な動物学とは異なり、魔法院の場合は主に動物を使役する方法の探求を目的としている。ダベンポートの記憶が確かなら、カーラ女史は動物の知能、およびその向上を研究テーマとしていたはずだ。それなら、あるいは歌う猫の事も何か判るかも知れない。

「なるほど」

トーマスは頷いた。

「残念だな、退官する前なら良かったんだけどね。……いや、待てよ。彼女も確か院内居住だからまだ近くに住んでいるかも知れない。調べてあげようか？」

帰り道、ダベンポートは少し遠回りをしてトーマスが調べてくれた住所を訪ねてみた。

カーラ女史の元自宅は魔法院の反対側、東側の一角にあった。独身者用の小さな家だ。ダベンポートの家とサイズは大して変わらない。

残念ながら、カーラ女史はすでに家を引き払った後だった。かつては家を暖かく飾ってあったであろう内装も全て運び出されている。残されていたのは大量の観葉植物のみ。カーラ女史はどうやら家の中をジャングルのようにして暮らしていたようだ。

帰り道に人事部に立ち寄り、カーラ女史の転居先を訊ねてみる。

あいにく、彼女の消息は不明だった。彼女の残していった新しい転居先の住所は全くのデタラメでどこかの橋の住所だったらしい。

「困るんですよね、変わった人が多くて」

窓口の女性は嘆息した。

「一応魔法院としても追跡はしないといけないのでちょっと困っているんです。できれば大ごとにはしたくないし……」

まあ、色々な機密事項にも触れているわけだ。それぐらいのペナルティは仕方がない。

(手がかりなし、か)

ちょっとした思いつきで知恵を拝借しようとしていただけだから、さしたる痛手ではない。しかし、なぜ急に姿を消したのか？　そちらは少し気になる。

(まあ、大した話でもなかろう)

ダベンポートはすぐに考え直すと、リリィの待つ自宅へと急いだ。

(ところで、物理的に猫は歌えるものなのだろうか？)

魔法院の中の散策路を歩きながらダベンポートは考えていた。

(トーマスによればその猫の音域は広かったようだが……ミャオやらナオやら言うだけの猫にそん

なに音域ってあるのかな？）

確かに低い声の猫もいれば高い声の猫もいる。

ダベンポートは自分の知っている猫の声を思い出した。しゃがれた声の猫、澄んだ声の猫。人を脅すように唸《うな》っている猫もいれば、いつも甘えたように猫なで声で鳴いている猫もいる。

しかし、高い音域から低い音域までを自在に操る猫にはまだお目にかかったことがなかった。ましてや『楽器のような』声の猫なんて見たことがない。

（やはり魔法なんだろうか？　しかし不思議な話だ……）

それにもう一つ。猫の動機がどうにもわからない。

猫がおひねりを入れるための袋を首から下げている以上、猫には飼い主がいるのだろう。その飼い主が金を稼ぐために猫を歌わせているのであれば、それは大いに頷ける。

（自分の猫が歌うことに気づいた誰かが小遣い稼ぎをしているのかな？　しかし、そもそも猫がそんな勤勉に働くものかね？　少なくとも僕の知っている猫はいつも日向《ひなた》か暖炉の前で寝ているばっかりだった……）

『歌う猫』の話は夕食を食べたのちリビングでお茶を飲んでいる時も、結局ダベンポートの脳裏から離れることはなかった。

もともとダベンポートは一度考え始めるとそれがちゃんと決着するまでは考えることをやめられない性《たち》だ。

いつの間にか、ダベンポートは一心に歌う猫について考え込んでいた。

「♪～」

階下のキッチンからリリィの歌声がする。

「リリィ?」

しばらくの後、ダベンポートはリビングへリリィを呼んだ。

「はい、旦那様」

すぐにリリィが階段を登ってくる。

思い切って、ダベンポートは週末にリリィを外出に誘うことにした。

「リリィが言っていた『歌う猫』なんだがね、今度の週末に見に行ってみないかい? 僕も少々興味が湧いてきたよ。ここは一つ、一緒に出かけて正体を見極めてみようじゃないか。リリィも会ってみたいだろう? その『歌う猫』にさ」

三

その週の週末、ダベンポートはリリィを連れて魔法院の馬車でセントラルへと向かった。

魔法院にはすでに話を通してある。『歌う猫』の話は魔法院でも話題になっているだけあって申請は簡単に許可が出た。

正式捜査となれば捜査費用もそこそこ使えるし、魔法院の馬車を使うこともできる。それに魔法院の制服を着用できることは大きい。魔法院の黒い制服を着ていれば警官すらも手先のように使う事が出来た。

リリィの持っていた雑誌によれば、『歌う猫』は夕方から夜にかけて出没するらしい。猫は夜行性だ。確かに昼間に猫が歌っていてもどこか絵にならない。猫は夜の方がよく似合う。

「とりあえず、猫を見つけるのが先決だね」

馬車に揺られながらダベンポートは向かいのリリィに言った。

「はい」

よほど楽しみなのか、リリィがニコニコと頷く。

リリィはダベンポートの言いつけ通りに私服を着ていた。とは言っても彼女の持っている合理服は一着きり、他には厚手の外套《マント》しか持っていない。ブラウスは以前買った少し凝ったものにしたが、リリィからすると黒いメイド服の方がフォーマルな感じがする。

「でも旦那様、このような服装でよかったのでしょうか？」

ふと不安になり、リリィはダベンポートに率直に訊ねた。常に自己評価が低いリリィからすると、どんな些細《ささい》なことでも不安材料に繋がるらしい。

「いつものメイド服の方がちゃんとしているように思うのですが……」

「そうは言ってもリリィ、わざわざメイドですって言って回る必要もないだろう？」

とダベンポートはリリィに微笑みかけた。

「その服は似合っているよ。それにそうしていれば使用人扱いされることもないだろう」

「そうでしょうか」

「ああ。立派な貴婦人《レディ》だ」

貴婦人《レディ》にしては手袋していないけどな。ついでにパラソルもないし扇子も持ってない。大丈夫だろうか？

「それにしても」

リリィは話題を変えた。

「ん？」

「さっきから気になっていたんですけど、この犬はなんですか？」

リリィはダベンポートとリリィの間に寝そべっている毛玉だらけの黒っぽい犬を指差した。

元はどうやらスパニエルだったようなのだが、大らかな性格だったのか、あるいは飼い主がブラシをかけてくれなかったのか、毛がこんがらがってモップのようになっている。顎をだらしなく床に延べ、長い垂れ耳を広げている様子は本当に汚れたモップの様だ。時折尻尾を振っているところを見ると機嫌は良いようだが、なんとなくみすぼらしい。

「ああ、そいつが今回の秘密兵器だ。猫の飼い主を突き止めるには絶対に必要なんだよ。こいつはある種の薬を与えられていてね。特定の匂いに対しては普通の犬の一万倍以上の感度を示すんだ」

「そうなんですか？」

「錬金術の応用だよ。動物管理部から借りてきた」

「錬金術ってそんなことにも使えるんですね」

モップのような黒いスパニエルに手の匂いを嗅がせながらリリィは言った。

「コカインやヘロイン、それに街の人がよく使っている阿片チンキも元を質せばみんな錬金術に辿り着く。これをさらに研究して目的別に精度を高めたものが魔法院にはあるんだよ」

ところで、とダベンポートはリリィに向けて人差し指を立てて見せた。

「もう聞き飽きたかも知れんが、リリィはくれぐれも阿片チンキ《ローダナム》を使わないように。阿片ってものは麻薬なんだ。街の薬屋では頭痛薬として売られているようだが、とんでもない。頭が痛かったり具合が悪かったりしたら早めに僕に相談してくれたまえ。違う薬をあげるから」

「はい」

神妙に頷く。

「旦那様、この犬は何を与えられているんですか？」

「詳しくは知らないんだが、犬用に特別に調合された薬物らしい。これが効いている限りは頭脳も明晰で、匂いに対する感度も超一流なんだそうだよ」

「……あなた、お名前は？」

リリィはそう言いながら犬の鑑札を手に取った。

「……ガブリエル……随分と偉そうなお名前なのね、あなた」

「ブフッ」

ガブリエルと呼ばれてその黒モップは一言返事をした。

「まあ、お利口さんね」

リリィは額に白い筋の入ったガブリエルの頭を撫でてやってからダベンポートの方を振り向いた。

「それでお薬が切れちゃうとどうなっちゃうんです？」

「寝るらしい。なんでか知らんがとにかく不貞腐れるんだそうだ。大丈夫、予備の薬は持ってきている」


馬車が森の中をゆっくりと駆け抜けていく。

窓から外の様子を眺めながらリリィは少しメロウな気持ちでいた。

旦那様とお出かけというから楽しみにしていたのに、なんだかちょっと様子が違う。私は旦那様と一緒に猫を見られればそれで十分だったんだけど、旦那様は何かを調べる気満々だ。

一緒には妙な犬もいるし、なんか思っていたのと微妙に違う。

でも旦那様と一緒だから、とすぐにリリィは気を持ち直した。

今日のお出かけは一泊だ。土曜の夕方に着いて、一泊して日曜日に帰る。

一泊で旦那様とセントラルに行くなんて初めて。

一緒に美味しいもの食べてくれるかな。お話しする時間あるのかな。


「リリィ」

不意にダベンポートがリリィに話しかけた。

「はい」

「リリィはセントラルのレストランは詳しかったんだっけ？」

「いえ、そんなでも……」

「やあ、それはしまったなあ」

とダベンポートは頭を掻いた。

「せっかく来たんだ、どこか美味しいところで一緒に食事を楽しみたいものだ。ちょっと街で聞き込みでもしてみるかね」

旦那様はちゃんとわかっておられたんだ。

不意にリリィの胸が暖かくなる。

捜査のことだけじゃなくて、ちゃんと私のことを考えてくれていた。

「この前は南大通りのカフェに入ったのですが、良い感じのお店でした。あの一角には隣国のシェフが開いたお店が並んでいるから良さそうですよ」

「店は駅前の広場から遠くないのかね？」

「広場を取り囲むようにビストロが並んでいる一角ですから、そんなには遠くありません」

「ではそちらの方に行ってみるか。どうせまだ猫が出るには早いだろう。何か素敵なものをゆっくり食べようじゃないか」

ダベンポートは小窓から御者に何事か言うと、馬車を駅前広場の南大通り方面へと向かわせた。


…………


馬車を降りて、周囲をしばらくそぞろ歩く。周囲にあるのは隣国風のビストロ、南の方のレストラン、カフェ、その他色々。エキゾチックなシノワの店もある。

「シノワはちょっと難しそうですよ」

とリリィ。

「お箸で食べるのは大変そうです」

「そうだな」

食事は基本、リリィの言いなりだ。黒いモップのような犬を引きつつ、ダベンポートはリリィの後ろを歩いている。

「旦那様、お魚とお肉とどちらにしましょう？　あるいは野鳥《ジビエ》でも」

「ここしばらく魚が多かった気がするから、今日は肉にしようか。マトンなぞはないかね」

「ありそうですが、お店で食べるマトンのお料理はみんな南の植民地風で辛いらしいです。お口に合うかどうか」

「なら、ここはどうだい？」

ダベンポートが指差したのはラムのクラウンローストを自慢にしている店だった。どうやらムール貝やオマールエビも出すらしい。

「これなら二人でシェアすれば色々楽しめるんじゃないか？」

「そうですね。良さそうです」

ふたりは少し古臭い感じのレストランのドアを押した。


食事は最高だった。薄暗い内装もムーディで文句ない。

リリィはダベンポートと二人で食事をしながらなんとなくロマンチックな気持ちに浸っていた。家でもいつも二人で向かい合わせに食事を摂っているにも拘わらず、やはりお店だと雰囲気が違う。

ふわっと上気しながら、リリィは（上品に、上品に）と心の中で呟きつつ二人でシェアしたクラウンローストを齧った。

「ははは、リリィ、そんなに緊張しなくていい」

ダベンポートが笑う。

「ゆっくり、楽しみながらお食べ。楽しそうに食べるのが一番のマナーなんだから」

「はい」

ダベンポートに言われて急に気持ちが軽くなった。ローストをつまみ、パンにソースをつけて味を楽しむ。付け合わせに頼んだロブスターも隣の人と同じように素手で折りながら食べてみた。まるでセントラルの市民になったみたい。

「そうそう、郷《ごう》に入っては郷に従えってね」

ダベンポートものんびりと子羊のクラウンローストを片付けていく。

二人の皿が空になったとき、二人の胃袋は満タンを通り越して破裂寸前になっていた。

紅茶では多すぎる気がしたので、食後の飲み物は濃いコーヒーにする。滑稽なほど小さなカップに入ってくるのだが、味が濃いので一杯で十分に満足する。

「やあ、美味しかったね」

「はい」

二人で椅子に浅く腰掛け、お腹を突き出す。

「ふふふ、ちょっとお行儀悪い」

「いいんだよ。満足したって意思表示さ」

と、その時。

『♩♩♬――――――――』

と妙《たえ》なる音楽が聞こえてきた気がした。

『♬――――――――』

音階を変えてもう一度。

「猫、か？」

ダベンポートとリリィが顔を見合わせる。

『♩♩♬――――――――』

さらにもう一度。

「手分けしよう」

素早くダベンポートはリリィに指示した。

「僕は会計を済ませてからあとを追う。リリィは猫を探すんだ」

「はい」

「くれぐれも猫に素手で触るなよ。どんなものがついているか判らないからね」

四

「♬――――――――」

猫は駅の広場のオブジェの上に座っていた。

広場の真ん中、一番目立つところだ。

周囲を観客に囲まれても怯む様子はない。気持ち良さそうに歌っている。

「つくづく、変わった猫だな」

ダベンポートはリリィに話しかけた。

「本当に」

リリィも頷く。

その猫は真っ黒な長毛種《ちょうもうしゅ》だった。毛が長いところを見ると元は上流の家に飼われていたのかも知れない。その猫の顔立ちは幼く、小さい体はまだ華奢《きゃしゃ》だ。生まれて半年は経っていないだろう。

「♩♩♬――――――」

毛ばたきのような尻尾を時折振りながら猫が気持ち良さそうに歌っている。

低音から高音。高音から低音。鳴くというよりは奏《かな》でるといった方がいいかも知れない。まるでオルゴールのような音色だ。

「♪――――――――〃」

ふいに猫の歌が終わった。

歌うのをやめて、毛づくろいをしている。第一幕はおしまいということなのかも知れない。

まばらな拍手。

周囲の観客たちが猫の首の袋に小さく折りたたんだ紙幣を押し込んでいる。小柄な猫の首から下がった小さな袋だったが、折りたたんだ紙幣だったら結構な量が入りそうだ。

「リリィ」

ダベンポートはポケットから小さな手袋を取り出した。

リリィのサイズだ。

「ちょっと手を貸してごらん」

とリリィの両手に手袋をはめてやる。

「これで猫に触っても安心だ。でもベタベタ触るなよ」

「はい、わかってます」

「それで、だ」

ダベンポートはポケットからパラフィン紙に厳重に包まれた小さなものを取り出した。手袋をした両手で慎重にパラフィン紙を剥がす。

中から出てきたのは紙幣だった。

「これは危ないものじゃない。ガブリエルだけにわかる強烈な匂いを染み込ませた特製の紙幣だ。これをあの猫のおひねり袋に入れてきてくれないか?」

「わかりました」

リリィは弾むように猫に近づくと、おひねり入れの袋にその紙幣を押し込んだ。

猫に触るようなことはせず、すぐにダベンポートの元に戻る。

「これでガブリエルはそれこそ地の果てまでもあの猫を追うようになる。猫が家に帰ったらガブリエルに追わせよう。それまでは猫の歌の鑑賞と洒落込もうか」

ダベンポートとリリィは猫がよく見える、近くのオープンテラスに席を取った。

お腹はいっぱいだったが何か頼まないわけにはいかない。ダベンポートはミルクティー、リリィはホットチョコレートを注文する。

「僕はここでガブリエルを見張っていないといけない。リリィはもっと近くに行って猫を見てきていいよ」

とダベンポートはリリィに言った。

「いいのですか？」

そうは言いつつももう気はそぞろのようで、盛んに猫の様子を窺っている。

「ああ、見ておいで」

「じゃあ、ちょっと行ってきますね」

リリィは立ち上がると小走りに猫の方へと走っていった。

「本当に生き物が好きなんだなあ」

つい、独り言が漏れる。

ガブリエルは力なく垂れ耳を広げ、ダベンポートの足元で眠っていた。

薬が切れたのかも知れない。猫の方から好きな匂いが漂っているはずなのに、我関せずとばかりに眠っている。

「おい、ガブリエル」

ダベンポートは足元の黒いモップに声をかけた。

「お前は行かなくていいのか？」

「…………」

返事はない。

「ふむ」

まあ、今起こすこともないだろう。ダベンポートはテラスの椅子に背中を預けると、瓦斯灯《ガス》に明るく照らされた広場で毛繕いをしている黒い猫とその周りの人だかりをのんびりと眺めた。


結局その日のコンサートは五幕まで続いた。

途中で大道芸人のアコーディオンの伴奏も加わり、コンサートは盛況だ。

アコーディオンの大道芸人もおひねりをもらって嬉しそうにしている。

（さて、リリィはどうしているかな？）

リリィはその後一度も戻ってきていない。まだ半分ほど残っているホットチョコレートがすっかり冷めてしまっている。

（ああ、いた）

リリィは人混みの中でハンドバッグを覗き込んでいた。一枚の紙幣を財布から取り出し、それをおずおずとアコーディオン芸人に差し出している。アコーディオン芸人はリリィから紙幣を受け取ると、舞台俳優のような大仰な礼をして見せた。

一方の猫はと言えば、オブジェの上で前足を舐めていた。時折その前足で顔を拭い、毛繕いに忙しい。周りの観客が少しでも猫に触ろうと手を伸ばすが、我関せずといった様子だ。

ふいに猫は背中を丸めて大きく伸びをすると、するっとオブジェから飛び降りた。そのまま、道を開ける観客の間を抜けるようにして広場の向こうへと歩いていく。

(ふん、大スターの退場か。貫禄あるな)

「ガブリエル、おい、出番だぞ」

足元で惰眠を貪る黒モップの脇腹を足で突く。

ダベンポートはポケットから小瓶を取り出すと、中の液体をスポイトで吸い上げた。スポイトの先をガブリエルの口の端にねじ込み、液体を流し込んでやる。

「さあ、起きろ」

薬物の効果は覿面《てきめん》だった。

それまで不貞腐れたように寝ていたガブリエルが身を起こし、一回身体をブルっと震わせる。垂れ耳が起き上がり、眠そうだった目に眼光が戻ってくる。

「何が入っているんだか知らんが、すごい効果だな」

ガブリエルはすぐに鼻を高く突き出すと、早速何かの匂いを嗅ぎ始めた。

「ほお、もう判るのか」

しばらく周囲を確かめた後、ガブリエルは編んだ引き綱《リード》を持つダベンポートを引っ張る様に歩き始めた。

「いいぞ、行け、ガブリエル」

ダベンポートはテラスにお代の小銭を置くと、ガブリエルに引かれながら足早に歩き始めた。

ガブリエルが最初にダベンポートを案内したのはリリィの手袋だった。

尻尾をピンと立て、右足だけを上げてリリィをポイントしている。

「あらガブリエル、お迎えに来てくれたの？」

リリィはガブリエルの前にしゃがみこむと、その頭をわしゃわしゃと撫でた。垂れた耳の後ろを掻いてやり、ついでに背中も撫でている。

だが、ガブリエルの姿勢は変わらない。撫でられても掻かれても一心不乱にリリィの手袋を見つめている。

「ガブリエル、そっちじゃない」

少し呆れてダベンポートは言った。

確かにその手袋には少し、ほんの少しだけ紙幣の匂いがついているはずだ。

だがそれを嗅ぎ分けるとは尋常な嗅覚ではない。

「ガブリエル、猫を探しに行きましょう」

立ち上がったリリィが屈みこんでガブリエルに話しかける。

「ブフッ」

ガブリエルは一言返事をすると、ダベンポートとリリィを案内するかの様に新たな方向へ向かって歩き始めた。

五

駅前の明るい広場を抜け、ガブリエルはダベンポートとリリィの二人を通りの反対側の住宅地へと連れて行った。

馬車が往来する南大通りを渡り、大通りから路地に入る。

大通りには瓦斯灯《ガス》が設置されていたが、路地裏の灯《あか》りはまばらだ。

「ブフ、ブフ……」

ガブリエルが鼻を鳴らす。どうやら猫が歩いた道筋を辿っているらしい。ブロックを一周したり、通りを引き返したりしながら一心に匂いを辿っている。

通りがさらに暗くなった。犬には平気でも人間には厳しい暗がりだ。

ふと、ダベンポートはリリィがコートの端を握ったことに気づいた。

「旦那様、少し怖くて……あの、こうしていてもいいですか」

「ああ」

優しく微笑む。

「だが、それだったらこうした方が怖くないかも知れんな」

ダベンポートは手首に巻いていたガブリエルのリードを外した。

「さ、手を出して」

とリリィの細い手首にガブリエルのリードを通してやる。

「リリィのことはガブリエルが守ってくれる。これで大丈夫だ」

「ブフッ」

ハンドラーが変わったことに気づいたのか、ガブリエルの歩みが少し遅くなった。どうやらガブリエルはガブリエルなりに、リリィのことを気遣っているらしい。

片手でダベンポートのコートをしっかり握り、もう片手をガブリエルに引かれるリリィを中心に、三人ひとかたまりになって路地を進む。

やがて、三人は路地を抜けて瓦斯灯《ガス》の灯る通りに出た。

中型のアパートメントの並ぶ住宅街だ。

「なんだよガブリエル、ここにくるならもっと近道があっただろう」

「ブフッ」

少しムッとした口調。

「うるさいとさ」

ダベンポートは肩を竦めた。

ひとしきり鼻を立てて周囲を嗅いだのち、ガブリエルが周囲をふんふんしながら再び歩き始める。

しばらくぐるぐると歩いた後、ふとガブリエルは一軒のアパートメントの前で立ち止まった。

右足をあげ、アパートメントのドアをポイントしている。

「ここかい？　ガブリエル」

「ブフ」

それは、少々年季の入った小さなアパートメントだった。

「今、何時だ？」

懐中時計で時間を確かめる。

「十一時少し前か。訪問するにはあまり友好的な時間ではないが、まあまだ起きているだろう」

ダベンポートは引き紐式の呼び鈴を鳴らした。

二回、三回。

「なんですか、こんな夜更けに」

階の上から女性の声がする。

コツコツと階段を降りる音。

不愉快そうに玄関のドアが薄く開く。

「魔法院から来ました、ダベンポートと申します。少々時間が遅いことについてはどうかご容赦を。ただ、ちょっとだけ確かめたかったことがありましてね。中にあげては頂けませんか。お茶も一杯頂けるとありがたい」

ドアを開けた女性の顔は暗がりでよく見えない。

女性はしばらく考えるようだったが、やがて、

「どうぞ」

と言うと先に立って階段を登って行った。

「ああ、その犬はね、そこらへんにくくりつけておいて下さいな。猫がいますの、犬を上げると大変なことになってしまいます」

女性のアパートメントは狭いながらも整理の行き届いた部屋だった。暖かい瓦斯洋燈《ガスランプ》の光、整然と並べられた蔵書、大きな机。これは、狭いながらも研究者の部屋だ。

「久しぶりね、ダベンポート君」

その女性がダベンポートに言う。

ダベンポート君？　僕はこの人を知っているのか？

ダベンポートは明るい光の中でまじまじと女性の顔を確かめた。

「カーラ、女史？」

カーラ女史。かつて魔法院で何回かすれ違った女性に間違いない。

なるほど。こんなところに来ていたんだ。

ダベンポートは得心すると、

「カーラ女史、こんなところで何をしておられるんです？」

と訊ねた。

カーラ女史はまだ着替えをしていない。リリィの服と似たようなグレーの合理服を身につけている。ただ、カーラ女史の合理服は少しくたびれ、ところどころにほつれが見えた。

「お茶が欲しいんだったわね」

カーラ女史は奥の小さなキッチンで三杯の紅茶を淹れてくれた。

ダベンポート、リリィ、それに自分。それぞれの前にティーカップを置く。

小さな丸いティーテーブルの前に座りながら、ダベンポートは興味深く周囲を眺めた。奥にあるのは実験用のテーブルだろう。蒸留用のガラス管や各種フラスコ、それに薬品が整然と棚に収められている。今机の上に散乱しているのはちょうど携帯時計と同じくらいの金属のケースだ。側には蜜蠟のブロックも置かれている。外に魔法陣が描かれているところを見ると、何かのマジック・アイテムらしい。そのケースはバネ仕掛けになっているようで、今は開いたハマグリのように口を開いていた。

「それでダベンポート君、ご用はなに？」

怪訝《けげん》そうにするダベンポートにカーラ女史は笑顔を見せた。

さっきから妙に親しげだ。『ダベンポート君』って、そんなによく会ってたっけか？

「覚えてないかしらねえ、私が二年の時にあなた、魔法学校に入学したのよ」

「そう、でしたかね？」

「私の学年があなたたちのお世話係だったから、あなたたちのこと、色々と面倒を見たのよ。もっとも、もう十年以上も昔のお話だから覚えてなくても当たり前だけど」

カーラ女史はしばらく思い出話に花を咲かせた。

ダベンポートが目立たない一年生だった事。それがメキメキと実力をつけて、五年になる頃には学年トップになっていた事。でも運動は今ひとつだった事。

「そうでしたか」

全く覚えていなかった。

「立派になったのね。魔法院の捜査官って言ったらエースじゃない」

「そんな大したものではないですよ」

とダベンポートは謙遜した。

「所詮は宮仕えです」

と、頃合いよしと見てダベンポートは話題を変えた。

「ところで、今日伺ったのは猫の事なのです」

ダベンポートはカーラ女史に切り出した。

「最近セントラルの駅前広場で歌っている猫、これはカーラ女史の猫だったのですね？」

「ああ、キキの事」

お茶を飲みながらカーラ女史が微笑みを浮かべた。

「今はベッドで寝ているわ。ここに引っ越してきたら、通りで迷っていたのよ。それで保護したんだけど、なんかやたらとおしゃべりな猫でね。ペラペラペラペラペラ盛んに喋っているからこれはちょっと面白いかも知れないと思っていたずらしちゃった……キキ、いらっしゃい」

「ニャー？」

すぐにベッドの上から黒い毛玉のような猫が降りてくる。

「あ、猫」

ダベンポートの隣でリリィが小さな歓声をあげる。

カーラ女史は猫を膝の上に乗せると、手際よく首輪を外した。

「ほら、見て、ここ。ダベンポート君ならわかるでしょう？」

「…………」

手渡された首輪を見てみる。

首輪が猫の喉に当たるあたりには、小さな魔法陣が仕込まれていた。とても小さい。コイン一枚くらいの大きさだ。

「これは何の魔法陣なんですか？」

ダベンポートはポケットから虫眼鏡《ルーペ》を取り出すと魔法陣を読み始めた。

「むしろ、護符ね。その陣は術者の介在をほとんど必要としないの。起動したら大気をマナソースにして終了式を唱えるまで働き続けるわ」

「……音速の、加速？」

「ご名答」

少し驚いたようにカーラ女史が片眉を上げる。

「音速をランダムに変化させるの。それで猫が歌をうたうのよ」

「でも、猫ってそんなに歌うものなのですか？」

とリリィがカーラ女史に訊ねた。

「どちらかというと無口な生き物だと思っていたのですけど」

「そうね」

カーラ女史は紙巻きたばこに火をつけた。

「お出かけする時、その子には少しお薬をあげてるの。マタタビ《キャットニップ》の抽出液とその他ハーブや大麻を混ぜたもの。酔っ払ったみたいになって気持ちよくなるみたい。その薬が効いている間はとってもおしゃべりになるのよ」

「音速を変える事でそれを歌にしているのか」

「そういう事。薬が切れると帰ってくるわ」

「でも、なぜ？」

「なぜかしらね」

カーラ女史が紫色の煙を吐く。

「目立ちたいのかもね。魔法院が気づくように」

眠いのかキキはカーラ女史の膝の上で丸くなった。毛ばたきのような尻尾を気だるげに振りながらゴロゴロと喉を鳴らし始める。

「それにしても、ダベンポート君が急に来るとは思わなかった。今日の夜のサプライズね」

カーラ女史がタバコの灰を灰皿に落としながらダベンポートに言う。

「でも、もう夜も遅いわ。私も眠くなってきちゃった。申し訳ないけど、続きは明日にしましょう。明日また来てくれれば、続きを話してあげるわ」

カーラ女史のアパートを辞去したのち、ダベンポートはリリィとガブリエルを連れて予約してあった宿屋に入った。ふた部屋、リリィの部屋と自分の部屋を隣り合わせに借りている。

「ではお休みなさいませ、旦那様」

寝際にリリィが礼儀正しく深々と礼をする。

「ああ。明日は宿が朝食を準備してくれるようだ。リリィもゆっくり休みなさい」

「はい」

ニッコリと頷く。

「……ほら、お前はここで寝るんだ」

ダベンポートはブフブフ言っているガブリエルを自分の部屋に押し込んだ。

「それではおやすみ」


寝支度をしてベッドに入ってからも、なぜかダベンポートは寝付けなかった。

カーラ女史は『魔法院が気づくように』と言っていた。

これはどういう意味なのだろう？

（魔法院に見つけてもらいたいのだろうか？）

（しかし、それはなぜ）

（そもそもカーラ女史は自分の意思で魔法院を退官したんだろう？　それがなぜ今更）

様々な疑問がダベンポートの脳裏を渦巻く。

どうもカーラの女史の行動には裏がありそうだ。

ブフー、ブフー。

ガブリエルの寝息がうるさい。

考え事をしながらガブリエルの規則正しい鼻息を聞いているうちに、ダベンポートはいつの間にかに深い眠りへと沈んでいった。

六

翌日は少し寝坊してしまった。

リリィに起こされ、二人で宿屋の小さなダイニングに行く。

ガブリエルは部屋に置いてきた。薬が切れたようで憂鬱な様子だ。

朝食は焼いたベーコン二枚にスクランブルエッグ、マッシュルームとジャガイモの炒めにトースト二枚。リリィの作ってくれる朝食に比べると少々見すぼらしい。

早々に朝食を片付け、駅裏の駐車場に向かう。セントラルには宿泊する人も多いので、馬車を置ける施設も充実している。

「ここに馬車を回してくれないか？」

ダベンポートは昨日徘徊したルートを書き写した地図を御者に示した。

御者が頷き、四頭立ての馬車に鞭《むち》を入れる。

ダベンポートとリリィの乗った馬車はゆっくりと動き出した。駐車場のゲートを抜け、大通りへと走っていく。

「旦那様？」

ふと、馬車の中で意を決したようにリリィはダベンポートに訊ねた。

何か決死の雰囲気だ。

「ん？」

「今日は、猫と遊べるでしょうか？」

「ハハハ」

思わず笑い声が漏れる。必死な様子だったので何かと思った。

突然の笑い声に足元のガブリエルが少し耳を動かす。だが、クスリが切れているのか、ガブリエルはすぐに再びぐったりと伸びてしまった。

ひとしきり笑ったのち、ダベンポートはリリィに言った。

「遊べるんじゃないか？　あの猫はカーラ女史のところの猫だしな。見た所、気のいい猫だから遊んでくれると思うよ」


十分ほど走り、カーラ女史のアパートの前に馬車をつける。

と、ダベンポートは先客がいることに気づいた。

「騎士団の馬車だ」

目の前に青い馬車が停まっている。

「グラムさんのところですか？」

「おそらくそうだな」

ダベンポートはリリィに頷いた。

盾に剣の紀章《エンブレム》。王立第三騎士師団、グラムの部隊だ。

「なんでグラムの部隊がこんなところに……」

大きな馬車の姿にダベンポートが首をひねる。

一個騎士小隊を輸送する、八人乗りの大きな馬車はセントラルの裏通りにはいかにも場違いだ。

「嫌な予感しかしないな」

ダベンポートは呟いた。

「リリィ、怖いことがあるかも知れない。リリィはここでガブリエルと待っておいで。僕はちょっと様子を見てくる」


二階に上がった時、現場は修羅場の真っ最中だった。

「やめてください。やめて！」

家宅捜索をする騎士達の前にカーラ女史が立ちふさがっている。

「フーッ！」

全身の毛を逆立て、キキが黒い毛玉のようになりながら唸り声をあげる。

騎士の中にグラムの顔を認め、ダベンポートは入り口から声をかけた。

「おいグラム、こりゃ一体何の騒ぎだ？」

小さな籐の籠を手にしたグラムの右手は猫の引っかき傷で傷だらけだ。

「あ？　ダベンポート？　なんでお前がここにいるんだ？」

「それはこっちのセリフだよ」

「ダベンポート君、この人たちを止めて！」

まだ髪を整えてもいないカーラ女史がガウン姿でダベンポートに言う。

「この人たち、キキを連れていくって言うの！」

「あなたもですよ、カーラ女史」

なおもキキを籐籠に押し込もうと苦戦しながらグラムは背中越しに言った。

「グラム、連行するって、何の容疑だい？」

ダベンポートはグラムに言った。

「いや、連行じゃない。召喚だ」

グラムは猫を追い回す手を休めると、内ポケットから一通の書状を取り出した。

魔法院の封蠟《ふうろう》が施された正式な召喚状だ。

「カーラ女史の薬物使用に関する審問があるらしい」

「薬物使用って、カーラ女史がジャンキーだとでも言うのかい？」

驚いてダベンポートはグラムに言った。

昨日、確かにカーラ女史はタバコを吸っていた。が、薬物を使っている様子はない。

「違う」

グラムは首を振った。

「カーラ女史は動物に薬物を使うそうなんだ。で、その使用方法についてご教授頂きたいことがあるんだとさ」

「私はもう魔法院には関わりたくないの！　協力なんてしません！」

カーラ女史が声を張り上げる。

「残念ながらですなあ、カーラ女史、これはお願いじゃなくて命令、なんですよ」

グラムはばつが悪そうに言うと後ろ頭を掻いた。

「俺も本当はこんなことはしたくないんだが、命令なんでね」

グラムは立ち上がると、襟を正してカーラ女史の前に立った。

「我々も騎士団です。騎士道精神《キャバルリー》に悖《もと》る事はしたくはない。カーラ女史、お願いですからご同行頂けませんか」

「…………」

カーラ女史が無言のままグラムを睨む。

つと、カーラ女史は姿勢を正すと後ろ髪を整えた。

「……判りました」

抵抗することを止め、グラムに向き直る。

「ご一緒しましょう。だからもうキキをいじめるのは止めて。しばらく時間をください。私にも準備があります」

カーラ女史はちゃんとドレスアップした姿で現れた。淡い色のドレスにシンプルなボンネット《婦人用帽子》、手袋、それにパラソル。左手に下げた籐籠には黒猫のキキが大人しく収まっている。

「では、参りましょう」

「はい」

カーラ女史は当然のように右手を差し出すと、グラムにエスコートを要求した。

「むさ苦しい馬車で申し訳ない」

「いえ、結構ですわ」

兵員輸送馬車の後ろからグラムに支えられ、静々と中に乗り込んでいく。

カーラ女史はダベンポートの横を通る時、ふと笑みを漏らすと小さな鍵を取り出した。

「ダベンポート君、悪いけど鍵を閉め忘れてしまったわ。閉めておいて。鍵はあげるから」

そう言いながらダベンポートの手のひらに鍵を落とす。

「…………」

何か釈然としない物を感じながらも、ダベンポートは黙ってカーラ女史から鍵を受け取った。

「よし、出してくれ」

馬車の後ろの扉を閉じたのち、御者台に飛び乗ったグラムが隣の騎士に声をかける。

鞭の鳴る音と共に、大きな馬車は魔法院を目指してダベンポートの前から走り去っていった。


(鍵は、あげる?)

ダベンポートはカーラ女史の部屋へと繋がる階段を登りながら考えていた。

(二個あると言うことか?)

しかし、普通鍵を男性に渡すものだろうか?

「……まさか」

嫌な予感がして階段を大股に上がる。

ダベンポートはカーラ女史の部屋に飛び込むと、彼女の実験机を慌てて調べ始めた。

昨日見た、携帯時計のようなバネ仕掛けのケースがない。

(しかし、あのケースに何を入れると言うのだ?)

人差し指で確認しながら、ガラスケースの中に入った薬瓶を一本ずつ確認する。

研究者だけあって内容物は几帳面にラベルに書き留められていた。

……Anthracis?　……Cholerae, Pestis……?

「まずい！」

不意にダベンポートの中で全てのパズルピースが一つに繋がり、ぞっと背筋が寒くなる。ダベンポートは部屋から飛び出すと狭い階段を駆け下りた。

七

ダベンポートは階段を駆け下りると馬車に走り寄った。

「どうなさったんですか？」

馬車の窓からリリィが顔を覗かせる。

「まずいことになった。僕は馬でグラムの馬車を追いかける。すまないが、リリィは後から馬車でガブリエルと一緒についてきてくれ」

「判りました」

ダベンポート達が乗ってきた馬車は魔法院の四頭立ての馬車だ。

「すまんが馬を一頭借りるよ」

御者に声をかけ、先頭の馬からハーネスを外す。馬車から外しただけの馬では鞍《くら》も鐙《あぶみ》もないが、騎乗には問題ない。

「ハイッ」

ダベンポートは馬に飛び乗ると掛け声をかけ、急いで馬車の後を追い始めた。

セントラル市街を通る道路は街から街道へと繋がる。土煙を引きながらダベンポートは森と草原の中を抜ける未舗装路を走り続けた。

鞭がないのが無性に歯がゆい。仕方なく、時折手で叩いて馬をけしかける。

この街道はほとんど一直線に魔法院のある街へと向かう。馬車を追い抜いてしまう恐れはほとんどない。

馬の背中が汗で濡れてきた。馬も必死で走っているが、貨物運搬用の馬のため足が遅い。

「ハイッ」

ダベンポートが馬の尻を打ち、更に馬を急がせる。

ついに、行方に青い馬車が見えてきた。

「！」

追いついた。

御者台にグラムともう一人の騎士が座っているのが遠目に見える。

「馬車の左側に寄せろ」

ダベンポートが足を使って馬車の左側に寄るようにと指示を出す。

「グラームッ」

ダベンポートは背後からグラムに声をかけた。

「グラームッ、馬車を停めろ！」

「ああ？　ダベンポートじゃないか」

グラムがのんびりと後ろを振り向く。

「馬車を停めろ！　このままだと皆殺しになるぞ！」

ダベンポートはもう一度大声を出した。

「皆殺しだあ？　……おい、馬車を停めろ」

グラムが隣の騎士に指示を出す。気持ちよく走っていた馬は少し抵抗したが、すぐに速度を緩めた。

「ドウ、ドウ」

馬車が惰性で少し走り、やがて止まる。

ダベンポートは馬から飛び降りると御者台をよじ登り、馬車のブレーキを引いた。

「どうしたって言うんだよ、いきなり」

「グラム、カーラ女史は？」

「後ろに乗っているぞ」

「猫は？」

「女史と一緒だ」

「よし」

ダベンポートは馬車の後ろに回ると扉を開けた。

中には二人の騎士、それにカーラ女史。

カーラ女史は馬車の一番前、扉から一番遠いところに座っていた。膝には大切そうに猫の入った籐籠が乗せられている。

ダベンポートの姿を見て何かを悟ったのか、カーラ女史は無表情だった。

「カーラ女史、猫を、キキをお預かりしてもいいですか？」

「ええ」

無抵抗に籐籠をダベンポートに手渡す。

「…………」

ダベンポートは中の猫の様子を確認してみた。

大人しく香箱を作って座っている。

その首には、ダベンポートの想定どおりおひねり入れの袋が下げられていた。

「……誰か、密閉できる容器をくれ。そう、広口瓶みたいな」

「ダベンポート、どうしたんだ、いったい」

グラムは入り口から馬車の中を覗き込むとダベンポートに話しかけた。

「……グラム、猫が逃げる。馬車に乗って扉を閉めてくれ」

「あ、ああ」

「これでいいですか？」

それまで馬車の中の装備品を覗いていた若い騎士がコルク栓のついた広口瓶をダベンポートに差し出す。どうやら応急処置セットの一部らしい。中には何かの軟膏《なんこう》と思しきものが半分ほど残っていた。

「ああ、これでいい」

ついでダベンポートは藤の籠を少しだけ開くと、両手を中に差し込んだ。

「チッチッチ……。怖がるなよ、大丈夫だ」

猫に声をかけながら首から下がった袋の紐を解く。

「……慎重に、慎重に……」

ダベンポートの額に汗が浮いている。

「ダベンポート、それはそんなにヤバいものなのか？」

グラムはゴクリと喉を鳴らすとダベンポートの手元を覗き込んだ。

「……ああ、これはヤバい」

ダベンポートは震える手で猫の首から袋を外した。そのままゆっくりと手を外に出し、再び篠籠を閉める。

「グラム、悪いがその軟膏の瓶を開けてくれないか？」

「ああ、わかった」

「すまんね」

ダベンポートは猫から取り外した袋の口を開けてみた。

「やっぱりか」

中を見たダベンポートの表情が険しい。ついでその袋を広口瓶の中へ。人差し指で押し、軟膏の中に袋を沈めてしまう。

コルク栓を閉めてから、ようやくダベンポートは大きく息を吐いた。思わずその場にどっと座り込む。

「なんなんだ、あれは？」

疲れた様子のダベンポートにグラムは訊ねた。

「B. Anthracis, V. Cholerae, Y. Pestis の混合物だ」

とダベンポートはグラムに答えた。

「アンス……、何だ、それは？」

「Anthracisは炭疽菌《たんそきん》、Choleraeはコレラ菌、Pestisはペスト菌だよ」

難しい顔をするグラムにダベンポートは教えてやった。

「その袋の中には懐中時計程度の大きさの金属製のケースが入っているんだ。確かめてはいないんだが、外には魔法陣も描かれているはずだよ。この魔法陣は特定の周波数の音に反応して発熱するんだ。そう、ちょうど猫の歌声にね」

ダベンポートはカーラ女史の方を向いた。

「そうですね、カーラ女史？」

「………」

だがカーラ女史は答えない。

構わず、ダベンポートは話を続けた。

「その金属製のケースはね、バネ仕掛けになっているんだよ。ほら、子供のびっくり箱《ジャック・イン・ザ・ボックス》と同じ仕組みさ。ケースは蜜蠟で密封されている。だが、一度魔法陣が反応して発熱が始まると……」

「蜜蝋が溶けて、びっくり箱が開くのか」

「そう。それでぶちまけられるのは」——とダベンポートは両手を開いて見せた——「炭疽病、コレラ、黒死病《ペスト》の病原体って訳さ。黒死病《ペスト》だけでも国が滅びる破壊力だ。これが三つ同時に襲いかかってきたら何が起こるか判らない。……まあ、とりあえず王国は滅亡するだろうな」

「そんな恐ろしいものがその瓶の中に入っているというのか？」

恐ろしそうに眉を顰めながらグラムがダベンポートに訊ねる。

「そう、その通り。この瓶は海中深くにでも沈めた方が良さそうだよ」

ダベンポートはカーラ女史を見つめた。

「でもカーラ女史、なぜなんです？　なぜ、それほどまでに魔法院を憎むんですか？」

「…………」

不意に、カーラ女史はハンドバッグに手を入れると中から香水瓶ほどの大きさの瓶を取り出した。

周りの騎士達が止めるよりも早く栓を開け、中の液体を一気に飲み干す。

「しまった！」

ダベンポートはカーラ女史の側の騎士に叫んだ。

「毒だ。吐かせろッ」

「……無駄よ」

苦悶の表情を浮かべながらカーラ女史の身体が横倒しになる。

ダベンポートはカーラ女史に駆け寄った。

「何を飲んだんだ！」

「…………」

無言のまま、カーラ女史が微笑む。

カーラ女史は最期にダベンポートに何事か呟くと、そのまま息絶えた。

八

「ただいまリリィ」

その日、ダベンポートはグラムを連れて帰宅した。

手には小さな籐の籠を下げている。

「お帰りなさいませ、旦那様」

すぐに奥からリリィがパタパタと走ってくる。

「まあ、グラム様もご一緒なんですか？」

「こんばんは、リリィさん」

厳《いか》ついグラムが微笑むとどこか怖い表情になる。だがグラムにはもう慣れたのか、リリィは怖がる様子も見せずに、

「こんばんはグラム様」

と少し片足を引いて両側のスカートの裾を持ち上げた。

「リリィ、君にプレゼントがあるよ」

ダベンポートはコートを脱ぐよりも早く、リリィに手にした籐籠を差し出した。

「プレゼント？」

リリィが不思議そうな顔をする。

「中を見てごらん？　扉を開けてやってくれ。相当退屈しているようだ」

「はい……」

言われてリリィが床に下ろした籠の扉を開ける。

「ニャア」

中から出てきたのは毛玉のような黒い猫だった。黒い猫の毛皮は艶やかで、尻尾はまるで羽根ばたきのようだ。

「まあ、キキ！」

リリィが歓声を上げる。

キキは広げたリリィの手の中をするりと抜けると、早速周囲の探索を始めた。

「キキは今日から君の猫だ」

嬉しそうにしているリリィにダベンポートが微笑みかける。

「でも、どうして」

リビングの中を嗅ぎ回っている黒猫を目で追いながらリリィはダベンポートに訊ねた。

「なに、飼い主が亡くなってしまったのでね。引き取ってきた」


「しかし、あれは結局なんだったんだ？」

リビングで食後のブランデーを楽しみながらグラムはダベンポートに訊ねた。

グラムは今日も飲み過ぎている。リリィのお酌でワインを飲んだグラムの顔は赤かった。

「♪〜」

階下からリリィの鼻歌が聞こえる。キキはどうやらリリィについて行ったようだ。姿が見えない。

「結局、事の始めはサル《ブッシュベイビー》なんだよ」

ダベンポートは紅茶のカップを傾けるとグラムに話を始めた。

「サル？」

グラムがダベンポートに聞き返す。

「ああ」

ダベンポートは頷いた。

「カーラ女史は自分の研究の一環としてサルを飼っていたのさ」

　カップをソーサーに戻し、話を続ける。

「カーラ女史はさ、動物の知能向上を研究テーマにしていたんだよ。その題材が飼っていたサルって訳さ。サルはカーラ女史に良く懐《なつ》いて、どうやら女史に従って歌をうたうまでになっていたらしい」

「…………」

「ところがだ」

　ダベンポートは人差し指を立てて見せた。

「それに目をつけたのが魔法院だよ。魔法院はカーラ女史に研究レポートの提出とそのサルの引き渡しを命じたんだ」

「おいおい、ひどい話だな」

　グラムが眉をしかめる。

「ああ、全くね。そのサルは結局、その後何も食べずに死んでしまったそうなんだが、サルの死骸を受け取った時のカーラ女史の怒りは想像するに余りある」

　ダベンポートはもう一口、お茶を啜った。

「そこからが復讐劇の始まりさ。まずカーラ女史は魔法院を辞めた。そしてセントラルに引っ越すと手頃な猫を拾ったんだ」

「それがあの黒猫って訳だ」

「そう。だが、猫は歌をうたわない。そこでカーラ女史は首輪に細工をして猫に歌をうたわせた。魔法院の注意を惹きつける為にね」

「音速の操作ってさっきお前が言っていた、『歌う猫』のからくりってやつか?」

「ああ」

ダベンポートが首を縦に振る。

「音速を変えれば音階も変わる。これを利用する事でカーラ女史は猫に歌をうたわせたんだ。で、あとは君の知っている通りだ」

「魔法院は『歌う猫』に興味を持ち、そしてカーラ女史に猫を差し出すように要求する……」

「まったく、魔法院もひどい機関だよな。ともあれ、カーラ女史は魔法院を中心にして疫病を流行《はや》らせそうとし、それをギリギリで防ぐことができたと、まあそういう事さ」

「冗談にしてはキツすぎるな」

グラムが腕を組む。

「まあな。中でも黒死病《ペスト》が一番ヤバい。コレラや炭疽病ならまだなんとかなるかも知れんが、黒死病《ペスト》は止められないよ」


しかし、正直なところダベンポートはカーラ女史の本意を測りかねていた。

なぜ、カーラ女史は最後の最後で部屋の鍵をダベンポートに渡したのだろう?

(ひょっとしたら、止めて欲しかったのかもな……)

カーラ女史の寂しげな顔を思い出し、どこか憂鬱な気分になる。

「…………」

ふと、ダベンポートはキッチンの水音が止まったことに気がついた。

「リリィ？」

階下のリリィに声をかける。

「はい」

すぐにリリィがトタトタと階段を上がってくる。

その腕の中には黒い猫が心地好さそうに収まっていた。

「やあ、もう懐いたのか」

ダベンポートの顔に笑顔が溢れる。

「キキを引き取るのは一苦労だったんだ。リリィ、その子の事はよろしく頼むよ」

ダベンポートは魔法院の特免状をリリィに差し出すと、黒猫の頭を優しく撫でた。

「何しろ、飼い主の最期の願いだ」

最終話　リリィとフクロウ

＊

リリィは悩んでいた。

このところフクロウが来るのだ。それも毎晩。

リリィの部屋はダベンポートの家の屋根裏部屋だ。少し天井が低い部屋だったがメイドとしては破格の待遇だ。寒くないし、しかも個室だ。

リリィの屋根裏部屋には二つ大きな窓がある。一つは西の玄関側に、もう一つは東のダイニング側に。夜が明ける前に働き出し、日が暮れてから就寝するリリィの生活では自分の部屋から太陽を見ることはできなかったが、リリィは窓から見える月が好きだった。

月を見ているととても落ち着く。ダベンポートが買ってくれた暖かい布団に包まれ、カーテン越しに月を見ながら眠りに就くのがリリィの習慣だ。

ところがその幸せなひとときを邪魔する者がいる。フクロウだ。

フクロウは必ず十一時頃に東側の窓に現れる。窓際に留まって大概はリリィが起き出す時間まで。窓際で寂しげに、あるいは悲しげに「ホーホー、ホーホー」と鳴き続ける。

別段、就寝の邪魔になるわけではない。寝る頃には疲れているから、リリィはすぐに眠りに落ちる。

でも、気になる。

なぜ、あのフクロウはわたしのところに来るのだろう？

何か伝えたい事があるのだろうか？

そのフクロウが今日も来た。

リリィがパジャマに着替えている間に来たらしい。羽音一つ立てずに窓辺に留まったフクロウは早速悲しげに鳴き始めた。

「ホーホー、ホーホー」

「フクロウさん、何かご用？」

布団に潜り込みながら訊ねてみる。

だが当然、返事はない。

「ホーホー、ホーホー」

「……おやすみなさい、フクロウさん」

リリィはフクロウの鳴き声を聴きながら深い眠りへと沈んでいった。


堪りかねて、ある晩リリィはダベンポートに相談してみる事にした。

夕食後のお茶の時間。

「あの、旦那様？」

美味しそうにお茶を飲んでいる向かいから、リリィはダベンポートに話しかけた。

「ん？」

ダベンポートがティーカップから顔を上げる。

リリィは自分のティーカップをソーサーに戻すと、

「ご相談があるんです」

と口を開いた。

「相談？」

ダベンポートが怪訝そうにする。

「観に行きたい歌劇《レビュー》でもあるのかい？」

「いえ、そうではないんですが、」

リリィは首を横に振った。

「実は、わたしのお部屋にこのところ毎晩フクロウが来るんです」

リリィは簡単に事のあらましをダベンポートに説明した。

もう二週間以上フクロウが毎晩来ている事、窓辺で鳴いている事、その姿がどこか寂しげで悲しそうに見える事……

「ふむ」

ダベンポートは片手で頬杖をつくと少し考え込んだ。

「フクロウの鳴き声は元々少し寂しげで悲しそうじゃないか。でもそれとは違うと言うんだね？」

「はい」

リリィは頷いた。

「少し違うように思えるんです。何かわたしに訴えているような気がして……」

「フクロウが魔法使いの使い魔になっている物語があっただろう？」

とダベンポートはリリィに言った。

「それが原因でフクロウを飼うことが流行った事がある。ひょっとするとそのフクロウは昔、人に飼われていたのかも知れないね」

ダベンポートはお茶の最後の一口を美味しそうに飲んだ。

「リリィ、すまないが今晩リリィの部屋に行ってもいいかい？」

ティーカップをソーサーに戻してから、少し言いにくそうにダベンポートはリリィに訊ねた。

「そのフクロウは興味深い。僕もちょっと見てみたい」

ダベンポートは潔癖だ。リリィとも常に一定の距離を保っている。そのダベンポートが部屋に来ると言った時には正直驚いた。

（旦那様がわたしの部屋に来る）

そう思っただけでドキドキする。

リリィはダベンポートに夜のお茶を出した後、急いで自分の部屋に上がると中を見回してみた。掃除は行き届いている。そもそも荷物が少ないから散らかる余地もない。

旦那様はいつもフクロウが来る十一時頃にいらっしゃるとおっしゃっていた。もう時間がない。

リリィは白いヘッドドレス《ホワイトブリム》を外すと、壁から下げた鏡の前に椅子を置いただけの小さな鏡台の前で蜂蜜色の髪を梳かし始めた。

（わたしでも髪を綺麗にしておけば少しは見られるようになるかも知れない……今更だけど）

リリィの自己評価は不当に低かった。

薄暗い屋根裏部屋のランプの光の中で無心に髪の毛を梳かす。髪の毛が十分に滑らかになり、艶やかに輝き出すまで。

しばらく髪を梳かしてからようやく満足し、リリィはブラシを置いた。髪が乱れないように慎重にヘッドドレスを被り、ついでに白いエプロンドレスと黒いメイド服の乱れを入念にチェック。

（うん、大丈夫）

リリィは膝を揃えてベッドに腰掛けると、ダベンポートが来るのを待った。

二階から屋根裏部屋に上がるための階段は引き出したままにしておいた。そうしないと旦那様が上がってこれない。

と、小さな羽ばたきの音がしたような気がしてリリィは窓の外を見た。

例のフクロウだ。

暫《しばら》くの間フクロウは左右に首を傾げて何事か考えているようだったが、やがてリリィの部屋の中を覗き込むといつものように
「ホーホー、ホーホー」

と鳴き始めた。

東側の窓の桟に器用に留まっている。

「あなたが何を言っているのかわかればいいのに」

つい、独り言が口を伝う。


トントントン、トントントントン。

と下からノックの音。

「どうぞ、旦那様」

リリィはノックに答えて階段の方に小声で話しかけた。

フクロウが驚くといけないからあまり大きな声は出せない。

「すまないねリリィ、こんな遅くに……掛けてもいいかね？」

ダベンポートは静かに階段を登ってくると、そう断ってからリリィの隣に腰を下ろした。

「あれがそのフクロウか」

真剣な面持ちでフクロウを観察する。

ホーホー、ホーホー。

そんな視線を感じているのかいないのか、フクロウが窓の外で物悲しげに鳴き続ける。

と、ダベンポートは人差し指でフクロウの方をリリィに指し示した。

「リリィ、ごらん？　あのフクロウは怪我をしているのかも知れない」

「怪我？」

リリィもダベンポートが指している方に目を凝らす。

確かに、フクロウは左脚を使っていなかった。右脚だけで桟に摑まり、左脚は上げている。

つと、ダベンポートは音を立てずに立ち上がると、フクロウが留まっている窓辺の方へと歩いて行った。

フクロウは逃げるような素振りも見せず、相変わらずホーホーと鳴いている。

「どうやら人に飼われていたようだな。人を見ても逃げない」

フクロウが留まっているのとは反対側の窓を静かに開ける。

「チッチチッチッ……」

小さく舌を鳴らしながら、ダベンポートはフクロウに右手の人差し指を差し出した。

「あ、旦那様、危ない……」

「大丈夫だ」

チッチッチッ……、チッチッチッ……

フクロウはクリクリと首を動かしながらしばらく考えているようだったが、不意にダベンポートの人差し指に飛び移った。

くりっと首を回し、ダベンポートの方を見る。

「片脚では狩猟もままならないだろう。きっとリリィに助けを求めているんだ」

ゆっくりと右手を室内に入れる。

フクロウは大人しくダベンポートの人差し指に留まっていた。

右手に乗ったフクロウを矯《た》めつ眇《すが》めつし、その様子をよく観察する。

「この左脚は折れているな」

ダベンポートは呟いた。

「折れているんですか？　かわいそう」

リリィが息を呑み、口元を両手で覆う。

「痛いだろう。よしよし」

ダベンポートはポケットに手を入れると、いつも持ち歩いている治癒の護符を取り出した。

「これは人間用のものだが、作動原理は一緒だ。おそらくフクロウにも効くだろう」

左手の人差し指と中指で護符をつまみ、フクロウの左脚にそっとかざす。

護符は淡く光ると、小さな白いルーンのサークルを生成した。

護符から現れたルーンのサークルがフクロウの左脚の周りをゆっくりと右スピンで回転する。

淡く光る白い光。

その光が消えた時、フクロウの左脚はまっすぐに戻っていた。

「？」

フクロウが不思議そうに首を傾げる。

だがすぐに体調が良くなったことに気づいたのだろう。慎重に左脚を下ろし、しっかりとダベンポートの左手を摑む。

「……こら、爪を立てるな。痛いぞ」

ダベンポートは再び窓辺に立つと、開いていた窓からフクロウごと右手を差し出した。

「さあ、これでいいだろう？　行きたまえ」

「…………」

無言のまま、リリィがダベンポートの背後に立つ。

フクロウはしばらくの間左右に首を傾げていたが、不意にダベンポートの右手から飛び立った。

羽音はほとんどしない。滑るように静かに森の奥へと飛び去っていく。

「……よかった」

リリィが安堵の息を漏らす。


ダベンポートが階下に引き上げ、夜が深くなってからもリリィはしばらく東側の窓辺に座って暗い森の中を見つめていた。

フクロウが戻ってくる様子はない。きっと森の奥の家に帰っていったのだろう。

「よかったね、フクロウさん」

小声で呟く。

リリィは立ち上がると窓のカーテンを閉めた。
階下への階段を滑車で引き上げ、パジャマに着替える。
暖かい布団に潜り込み、リリィは枕元のランプを消した。
窓のカーテンから柔らかな月の光が漏れている。
(今日は楽しかった)
とリリィは先ほどの出来事を反芻した。
なんとなく、旦那様と少しだけ近くなった気がする。一緒の出来事、一緒に過ごす夜。
旦那様とこんなに遅くまで一緒にいたのは初めてだ。
これもフクロウのおかげかも知れない。
(ありがとう、フクロウさん)
心の中で礼を言うと、リリィは静かに目を閉じた。

蒲生 竜哉（がもう たつや）
東京都出身。
暁星学園高校を経て国際基督教大学卒業。
元外資系IT企業プロジェクトマネージャー。
「魔法で人は殺せない」は短編の連作シリーズです。
続刊にもご期待ください。

魔法《まほう》で人《ひと》は殺《ころ》せない

2020年1月30日　第1刷発行

著　者　　蒲生竜哉
発行人　　久保田貴幸

発行元　　株式会社 幻冬舎メディアコンサルティング
〒151-0051　東京都渋谷区千駄ヶ谷4-9-7
電話　03-5411-6440（編集）

発売元　　株式会社 幻冬舎
〒151-0051　東京都渋谷区千駄ヶ谷4-9-7
電話　03-5411-6222（営業）

印刷・製本　シナジーコミュニケーションズ株式会社
装　丁　　川島　進

検印廃止

ISBN 978-4-344-92550-2 C0093
幻冬舎メディアコンサルティングＨＰ
http://www.gentosha-mc.com/